緩和ケア医が、がんになって

愛知県ＪＡ厚生連　海南病院　医師
大橋洋平

双葉社

緩和ケア医が、がんになって

目次

緩和ケア医が、がんになって

第二章

緩和ケア医を目指すまで

はじめに

【緩和ケア医が「がん」になった】

6月、消化管からの大量出血で緊急入院し、胃に悪性の大きな腫瘍《しゅよう》が見つかった。現在は抗がん剤治療の日々である。

私は、終末期がん患者に関わるホスピス緩和ケア医である。5年前に父をがんで亡くし、誰よりもがん患者とその家族に寄り添える医師だと思っていた。

しかし、それは幻想に過ぎなかった。がん患者になって初めて気づいたのは、患者のリアルな苦しみだ。手術日まで輸血を受け、本当に手術できるのだろうかと苦しみ、手術直後は管を何本も付けられて自由を奪われ、30センチもある傷の痛みに苦しんだ。退院後は胸やけ、吐き気、食欲不振に苦しんでいる。

でも、私は生きている。食べられなくても、今を生きている。

「がんになってもよりよく生きる」。ホスピス緩和ケアの領域ではしばしば耳にする言葉だ。しかし、「よく」など生きられない。確実に私は弱っているからだ。でも、よかろうが悪かろうが、これからをしぶとく生きていく。

全てのがん患者にエールを送りたい。しぶとく生きて！　私もそうするから。

2018年12月29日付の朝日新聞・読者「声」欄に掲載してもらった私の投稿である。これは私個人の意見であり、賛否両論あるのはしかりだ。

だが、この拙文に対して思わぬ好意的な反響もいただき、己の生き様を今、振り返りたく筆を執った。同年6月に悪性腫瘍を突然に発病してからの経過をたどり、自らのがん闘病の中で感じたことや気づけたことを記した。

なおこれは、いわゆる医学書ではないので、最初にご了承いただきたい。

苦しむがん患者さんが数多くいる中、ひとりでもいいので、私の想いを届けたい。初めから読んでいただいてもいいし、途中からでもいいし、最後の章だけでもいい。気になった見出しから読んでいただいても全然構わない。

この本を手に取っていただけただけで、とても嬉しく、大変ありがたい。

第一章　発　病

黒い出血

青天《せいてん》の霹靂《へきれき》だった。

2018年6月4日（月曜）午前3時頃、突然便意を催《もよお》し目が覚めた。

トイレに駆け込むと、大量の下痢《げり》。その瞬間は下痢だと思った。

しかしすぐ、ただならぬことに気づかされた。それは便器から立ちのぼってくる特有の臭《にお》いだった。便臭《べんしゅう》すなわち便の臭いが、普段とは違っていた。

仕事柄、患者の便とは長い付き合いをしてきた。

私の職業は医師で、1988年から勤務医をやっている。勤務医とは、病院勤めのサラリーマン医師のことである。現在のホスピス緩和ケア医になるまでは、内科、特に消化器内科を担当していた。そこでしばしば遭遇するのが消化管出血だ。

消化管出血とは、消化管すなわち口から肛門までのどこかで出血が起こることであり、原因は潰瘍《かいよう》や炎症など様々だ。もちろん腫瘍もある。腫瘍の場合はほとんどが悪性であり、その代表格は言わずと知れた「がん」だ。

出血がわかる形は、口から血を吐く吐血《とけつ》と、肛門から便のように出血が生じる下血《げけつ》がある。そして吐血であれ下血であれ、その色は、出血した場所と、血液が体の外へ出た場所とが近ければ赤くなり、離れていれば黒くなる。赤ければ血の匂いがして、黒ければ何とも言えない独特の臭いがする。強《し》いて言えば、小学校の鉄棒の錆《さ》びた臭いと便の臭いが混じった感じだろうか。一度その臭いを嗅《か》ぐと、おそらく忘れられないだろう。

肛門からの黒い出血は、黒色便と呼ばれている。タール便ともいう。下から立ちのぼってきた臭いが、まさにこの黒色便の臭いだった。恐る恐る便器を覗《のぞ》くと、思った通り真っ黒だった。

その時、私はこうも考えた。昨日の夕食で、海苔《のり》かイカ墨《すみ》などの何か黒っぽい物を食べたんじゃなかったかと。とても医師の思考とは思えない。自分のこととなると全く別になる。そんなもん食べてない、特に我が家でイカ墨料理が出たことはない。それでも、これは出血じゃない、出血であってほしくないと、一縷《いちる》の望みを託していた。しかし、これは間もなく完全に却下《きやっか》された。茫然《ぼうぜん》としながらも何とかトイレを出て、しばらく布団で横になっていたが、1時間もしないうちにまたも便意を催し、トイレに駆け込んだのだ。同じ黒色便が、1回目よりも多い量で便器を真っ黒に染めていた。さすがに今度は腹をくくった。間違いなく消化管出血だ。それもかなり大量だ。そして、こうも悟った。絶対に胃がんだと。下血で黒い便だと、胃から出血していることが多い。さらに最近、みぞおちあたりに痛みが出ていないことから、潰瘍よりもがんの可能性が高いと。

不思議なことに腹をくくったら、意外と冷静な自分がいた。人間とはこういうものなのだろう。何が起こっているのかわからない。わからないから、どうしていいのかも決められない。その結果、動揺する。しかし覚悟を決めたら、落ち着いてくるものだ。腹をくくるとはこういうことだと実感した。

今すぐに病院へ行こうか、でも自分で車を運転していくのは無理だ、しんどい。だからと言って救急車を呼んでは、ある意味地元で有名人になってしまう。

地元は人口6000人ほどの小さな町だ。祖父の代からおやじ、私、そして息子と4世代住んでいる。祖父とおやじはすでに他界しているが、私のことを知っている人も少なくない。サイレンを鳴らさずに来てくれるよう119番に頼んでみようか、いやいやそんなことをしてくれるはずはない。それに、行くとしたら非常勤とは言え、今自分が勤めている病院になる。自宅と病院は距離にして5キロほどだ。

こんな午前4時頃に行っても、病院は夜間救急外来体制だから、やっぱり朝になって日が昇ってからにしよう。おそらく確実に入院になる。できれば入浴してから行きたい。無理なら、シャワーだけでも浴びてから行こう。今は意識もある。

こう冷静に計画を立てて、午前6時頃、病院に向かった。妻のあかねが運転する車で送ってもらって。そして病院で時を待った。いきなり診察を受けるのではなく、普段から信頼を寄せて何かと話を聴いてもらってきた、消化器内科の奥村明彦《おくむらあきひこ》先生に、まずこの状況を相談したかったからだ。

前日夕方の、かつてないけだるさ

診察を待っている間、思えば昨日の夕食あたりから体調が優れなかったことを振り返っていた。

6月3日（日曜）は朝から夕方まで、所属する緩和ケア病棟で臨時の当番をしていた。後述するが、常勤職を辞す主因となった当番制度だ。ただし、当番は休日とは言え、夜間ではなく日中だ。ふたりいる常勤医師を少しでも手伝えればいいという理由から、時々、休日昼間の当番を引き受けていた。

しかしそれは建前であって、本音は当番を引き受けた際の手当がありがたいのだ。医師という仕事があっても、非常勤となれば家族を養う身は楽ではない。

それはそれとして、この日は病棟入院中の患者さんが3人旅立つなど、平常より忙しい当番だった。午前8時過ぎから午後5時頃まで、病棟を離れられなかった。この日曜日のことは、その後に起きた青天の霹靂も相俟《あいま》って、今も鮮明に覚えている。当日共に勤務していたナースのひとりからは、職場復帰した日にこう言われた。

「あの日の忙しさ、慌ただしさが、先生の病気を誘発《ゆうはつ》したのかと、気に病んでいました」

もちろん、そんなことはあるはずもない。病魔はその時、すでに私の中に存在していたのだから。

その日は夕方6時前に帰宅したのだが、すでにこの時点で異変は起こっていた。正確に言えば、その時は、さほどの異変とまでは感じていなかったが。それは、かつてないほどのけだるさだった。

「今から夕ご飯の買い物に行くけど、一緒に行く?」

妻に誘われた時も、いつもならふたつ返事なのに、

「うーん、やめとく」

と断った。

けだるさに加えて、みぞおちに違和感が少しあった。できれば動きたくなかった。

夕食は、大好きなざるそばだった。上に少々海苔は載っかっていたけれど、イカ墨パスタではなかった。当時はほとんどの食べ物が大好きだった。さらに人一倍食べて

いた。その結果、体重は優に100キロを超えていた。

だが、この日はやはり変だった。

食後間もなく吐き気が出現し、みぞおちの違和感が張り感に変わっていった。吐き気と張り感はその後も続き、何か水分を摂っても、横になっても、一向に治まる気配がない。ほとんど一睡《いっすい》もできなかったところで、未明に激しい便意に襲われた。今にして思えば、夕食後あたりから胃の中で大量に出血していたのだろう。

緊迫の救急措置

こんなことを振り返りながら、午前8時過ぎに奥村先生と面会が叶《かな》い、事の顚末《てんまつ》を話した。消化管出血の非常事態と察したのだろう。彼は驚きの表情を隠せず言った。

「すぐに診察させてもらいます」

外来診察室に入るや否《いな》やベッドに寝かされ、血液検査と同時に腕に点滴が挿入された。診察と言うよりも処置が開始され、まさに救急医療の現場だった。

「緊急入院してもらって、早速、胃カメラの準備をします」

「お願いします。奥村先生にすべてお任せします」

「胃潰瘍か何かだと、思います」

奥村先生の気遣いの言葉だ。がんだと、私はすでに腹をくくっているのに。

「奥村先生。覚悟できてますので、余計な気遣いは要りません。結果をありのまま知らせてください」

私は彼に懇願《こんがん》した。ただし、ここで大きな問題が生じつつあることも、冷静に察知していた。それは胃カメラ、すなわち胃内視鏡検査だ。

私はこれが大の苦手だ。体は太いのに喉《のど》のあたりは繊細《せんさい》なようで、カメラが喉を通らない。意識のある状態では検査が難しいため、眠くなる薬を使う鎮静《セデーション》という医療行為が必要だ。しかしこの薬をもってしても完全に眠ることは困難で、うとうとしながらも検査中暴れるばかりかカメラまで抜こうとして、スタッフ数人がかりで腕や足を押さえつけられる始末だ。今まで何度も〝やらかしていた〟私は気がかりだった。

奥村先生にも、この噂《うわさ》は届いていた。

「鎮静の薬を使って内視鏡検査をしますので、安心してください」

ここでも気遣いを頂戴《ちょうだい》した。

今回は大量出血で体も弱っているだろうから、おとなしく検査を受けられるだろう。いや、受けてくれオレ！　と祈る思いの中、午前11時を過ぎて、私は徐々に意識が薄れていった。

入院生活の幕開け

気づいたら、救急病棟の一室だった。傍《そば》には妻がいてくれた。黙ってついていてくれるだけで、とても安心できた。

時計の針は午後3時過ぎを指していた。どうやら奥村先生の声で目を覚ましたようだった。彼は、私の担当すなわち主治医に任命されていた。心強かった。信頼している医師だからだ。もっとも、彼が私の主治医となることを望んでいたかは、定かではなかったが。

彼は言った。

「胃カメラの結果ですが、出血は、今は止まっています。ただ、胃の中に腫瘍ができていて、さらなる検査が必要です」

「奥村先生、その腫瘍は、がんなんですよね」

「いや、がんとは違うようです」

「はっきり言ってもらって大丈夫です。覚悟はできてますから」

「おそらく消化管間質《かんしつ》腫瘍、ジストみたいです。大きさは5センチくらいでしょうか。詳しく調べるために、明日CT検査をさせてください」

以前、消化器内科を専門としていた私だが、ホスピス緩和ケアの世界に飛び込んで早《はや》15年。恥ずかしながら、ジストの知識が乏しかった。その後インターネットで検索して初めて、消化管間質腫瘍すなわちジストは10万人に1人発症の稀《まれ》な悪性腫瘍だとわかった。

「医者の不養生《ふようじょう》」とはこのことだろう。「医師なのに、なぜ気がつかなかったのか?」と問われると、身の縮む思いである。現に私は検査が苦手だ。年1回の血液検査は受けていたが、胃の検診を毎年はやっておらず、人間ドックも受けていなかった。

だが、後でわかったことだが、ジストは通常、血液検査では見つからない。胃カメラや胃透視、さらにはエコーやCTを受けて初めて発見されることがほとんどだ。後悔先に立たず。

治療としては、何と言っても手術が第一だ。それが無理な場合、第二の治療として内服薬の抗がん剤があるが、効果のほどは腫瘍の悪性度にも関連する。当然のことながら、悪性度が低ければ効果が高く、悪性度が高ければ効果は低い。

さらに、悪性度は、腫瘍の大きさおよび組織を顕微鏡《けんびきょう》で調べた際の腫瘍細胞分裂像数で決まる。腫瘍が大きければ大きいほど、腫瘍細胞分裂像数が多ければ多いほど、悪性度は高い。もっとも、これらを知ることになったのは退院してからだ。その時点では、とてもそんな余裕はなかった。

「わかりました。明日ＣＴお願いします。奥村先生、くれぐれも、ありのままを教えてください。お願いします」

そう話し終えると同時に、ふと嫌な予感に襲われた。

横になったまま、そっと検査着の下を覗く——とんでもない事態を現認し、心の中で叫んだ。

「パンツが、今朝病院に来る時に穿《は》いてきたのとは違ってるぞ！」

見覚えのないパンツは、何とか暴れませんようにと祈っていた胃カメラ中の所作《しょさ》が、見事な大暴れに終わった事実を雄弁《ゆうべん》に物語っていた。当日の朝、穿いてきた自前のパンツの行方を確かめる気力もない。穴があったら入りたかった。この時はまだ、穴には入りにくい図体《ずうたい》ではあったけれど。

大暴れする100キロ超えの巨体を数人のスタッフが押さえ込んで、胃内視鏡検査が行われた現場が修羅場《しゅらば》と化していたことを、あるスタッフから教えてもらえたのは、それから数日後のことだった。さらに赤面したのは言うまでもない。


ともあれ、この6月4日より、1か月近くに及ぶ苦しい入院生活の幕が開いた。同時に、リハビリパンツと呼ばれる人生二度目のオムツ生活が始まった。黒色便を漏らしてしまうからだ。もちろん、一度目のオムツ時代は記憶にない。

その夜は、

「この病気は間違いなく悪性だ！　果たして治療はできるのか？　仕事は非常勤だというのに入院費用はいくらかかる？　その非常勤の仕事自体、この先どうなる？」

など、気がかりばかりが頭の中をぐるぐる回っていた。

全く眠れなかった。

息子の誕生日

そうこうしているうちに、日付が変わった。6月5日（火曜）だ。今日はひとり息子・広将《ひろまさ》の19歳の誕生日。出来の悪い息子ではあるが、私たち夫婦にとっては、かけがえのない存在だ。

彼が生まれた午前1時19分に、病室からメールを送った。

誕生日おめでとう
入院中からのメールになり、すまんな
おまえのことを、あほ息子とかどら息子とか言う時があるけど、オレはいつだってお
まえのことを、とても誇らしく思ってる
おまえが意外にも考えて言動することが、オレにはとても誇らしい
確かに学校でのテストの点は低い
それはそれや

これからも今同様、「なに・なぜ・どのように」と考えながら、生きてってほしい
今日の誕生日に物品を贈れんだけど、このメールを贈る
誕生日、本当におめでとう
今までもそして今も、おまえが生きてくれていること、オレはとても嬉しい
ありがとう、広将

すると、朝6時半に息子からメールが返ってきた。

ありがとう
わざわざメールで祝ってもらってありがたい
検査の結果がどうやったにせよ、また病院か家で会えることを楽しみにしとる
無理せず今は休んでくれ

学業の成績はともかく、こんな気遣いができるようになった息子、頼もしい。これならたとえ私がこの世から旅立つことになったとしても、妻を、彼にとっての母を大

三重県内の病院を転勤で飛び回っていた内科医時代、幼い息子・広将と。多忙で触れ合う時間が少ないのが悩みの種だった（2000年頃、自宅にて）

いに支えてくれることだろう。実はこの頃すでに、彼は私の死を覚悟し、自分も悲しい中、毎日泣き崩れる妻を慰めていたことを、退院してから知った。

あっぱれ息子！

胃の入口あたりに10センチの巨大悪性腫瘍《しゅよう》が！

さてこの日は、ＣＴ検査の日。病棟内トイレまでは何とか歩いて行けるものの、さすがに別の階にある検査室までは車いすでないと苦しい。

検査は無事終了し、夕方、主治医の奥村先生より結果の説明があった。その頃には妻も病室に来てくれていた。

胃の入口あたりに直径10センチほどの腫瘍ができていた。もちろん悪性だ。

覚悟はしていたが、まさか10センチもあるとは。悪性でも、５センチくらいまでならと期待していたのに。

ジストであれば、５センチまでなら完治が見込まれる。しかし、10センチを超えれば、手術できたとしても転移や再発のリスクが高くなる。つまり、長くは生きられない。なにも10センチの悪性腫瘍に好かれたくはなかった。

　奥村先生は言った。

「治療については、外科のドクターたちとも検討します」

「すべて奥村先生始め、先生方にお任せします。皆さんに委《ゆだ》ねます。ここで手術できるならばもちろんお願いしたいし、手術できないならば、無理だと言ってください」

　私は声を絞り出すのが精一杯だった。妻も隣でそのやりとりを聞いてくれていた。彼女の目は、うっすらと光っていた。


　告知後、妻とどんな会話を交わしたのか、覚えていない。ベッドに横たわった私に、妻は黙って足もみをしてくれた。久しぶりにとても心地よかった。

　ありがとう以上の言葉は言えず、妻が帰った後、彼女にメールした。

「あなたは世界一の名伴侶《めいはんりょ》やな」

拷問《ごうもん》

6月7日（木曜）。入院4日目だ。

午前9時頃、上部消化管透視《とうし》検査に呼ばれた。いわゆる胃透視っていうやつだ。これがまさしく拷問だった。

胃透視は3段階にわたる。

まず第1段階。造影剤《ぞうえいざい》を飲まされる。今回はガストログラフィンというものを使うようだ。

検査担当者は言った。

「バリウムよりも飲みやすいですよ」

おいおい、彼の味覚は大丈夫か‼

宇宙のはるかかなたに存在する小惑星リュウグウに探査機を送れる現代人は、こんな不味《まず》すぎる前時代的なものを、いつまで患者に強いるのか‼　もちろん、検査に不可欠な味付けなのだろうけれど。

次に第2段階に入る。これは右を向いて、右の腰を上げて、右から左に寝返りをうつように1回グルッと回って、造影剤を胃に均一に付着させるというものだ。それが2回もある。さらに右だけでなく左も、と言われる。弱っている患者に体を動かすことを強いるのではなく、機械のほうを動かしてくれ‼

最後に、腹部を強く押さえて撮影する第3段階。これは用手《ようしゅ》、つまり人の手ではなく、機械が腹を、オレの胃を容赦なく押さえつけてくる。待ってくれ、そこは悪魔が潜《ひそ》んでいるところだ。そんな悪魔をピンポイントで締め上げるとは。

さらに悪魔が血を吐くではないか！

一体どれだけオレを痛めつけたいのか‼

もっとオレを苦しめるのは、検査を担当する当事者が、これら一連の行為を拷問と認識していないことだ。もし彼がそう認識していたならば、恨《うら》みつらみのひとつも言い放って帰ってこられよう。しかし患者のため、オレのためを思ってやってくれているのがわかるだけに、ここは堪えるしかない。

今回の拷問は15分ほどで終了した。

「検査をしてくださり、どうもありがとうございました」

小声でお礼を言い、検査室を後にした。病室に戻った私はぐったりしていた。まるでぺちゃんこになって仰向《あおむ》けにひっくり返っているカエルのように。眠いわけでもないのに、意識はややうつろだった。しかし、検査中に発せられた技師の声は、私の耳から消えていなかった。

もしかしてこれが、トラウマってやつか。

髪を切る

ぐったりしていた私だったが、午後、思い切って散髪するために外出した。妻と共に。できることならば、胃の悪魔を今すぐにでもカットしたかった。それが叶わないなら、せめて頭髪ぐらいはカットしてもらいたい。

病院のすぐ傍にある理容店に車いすで向かった。妻が押してくれた。

出かける時は意気揚々《ようよう》としていたのに、散髪台に座ると、少し頭がふわふわしてきた。やはり体調はよくない。出血が続き、貧血も進んでいるのだろう。外見から明ら

かに軽症とは思えない客に対して、理容店のスタッフは、

「気分が悪くなったら、すぐに言ってくださいね。なるべく早く終わりますから」

と細やかに気遣ってくれた。嬉しかった。

20分くらいかけて何とか散髪を終えた。トップは8ミリ、その他は6ミリの丸刈りだ。鏡で見ると、もともと短髪だったこともあって、いつもの散髪後とそう変わらない。しかも、費用はこれまでのカットよりも1000円ほど安かった。

この先も生き続けられるならば、これからは永遠に丸刈りでいくぞ！

この時、誓った。

主治医交代

入院3日目には救急病棟から内科病棟に移り、5日目の6月8日（金曜）には、さらに外科病棟に移った。病棟転科と同時に、内科の奥村明彦先生から外科の高瀬恒信《たかせつねのぶ》先生に主治医が代わった。

この病院で常勤だった頃、高瀬先生とは緩和ケア病棟の入院患者をめぐり、意見が

衝突することが少なからずあった。当時、私は緩和ケア病棟の責任者を務めていた。肩書は緩和ケア科部長だった。

その頃の私は、緩和ケア病棟に新しく入院しようとする患者よりも、現在緩和ケア病棟に入院している終末期患者に意識を向けていた。なぜならば、

「人生の最後ぐらい、己の思うように過ごしたい」

と、人間ならば誰しも考えるはずだと思っていたからである。

もちろん緩和ケア病棟も病院である以上、何らかの決まりはあるものだが、他の病棟に比べれば緩やかだ。たとえば、面会は24時間可能である。そこに、部屋が空いたからといって、常に新規入院患者を受け入れていると、緩和ケアスタッフの手が足りなくなる。必然的に、すでに入院中の患者ひとりひとりに丁寧に関わることが難しくなってしまうのだ。

だが、緩和ケア病棟入りを待っている患者も、苦しいのは同じなのである。希望している以上、少しでも早く入院できるよう尽力すべきだったのだが、当時の私はそこまで目が向けられていなかった。

できることはできるが、無理なものは無理。

無理なことを、疲弊《ひへい》してまで行うことはできない。こちらが疲弊していては、終末期がん患者の苦しみを和《やわ》らげることなど不可能だからである。ただ、今にして思えば、この「できる」「無理」の間に、どちらにもなりうる幅が少しあったように反省する。外科医としてがん患者の主治医を務めている高瀬先生には、このことが見えていたのだろう。申し訳なかった。

意見が衝突することはあったものの、医師として豊富な知識と技術を有する彼を、私は尊敬していた。だからこそ主治医として信頼したのである。内科から外科に移った時に、彼は私に言ってくれた。

「セカンドオピニオンとして、がんセンターなどにも行けますよ。必要なら遠慮なく言ってください」

すぐさま私は首を横に振った。もはや他の病院に移って検査し直す体力が残っていなかったのは事実だが、それ以上に、彼を心底信頼していたからである。

「腫瘍も大きく大変な手術でしょうが、何とかここで手術をお願いします。このまま出血し続けたならば命がなくなりますから。高瀬先生にお任せしたいです」

私は両手で彼の利き手である右手をギュッと握りしめて懇願した。

「あぁ、はい。わかりました」

少し不意を突かれたような表情で、彼は私の想い、すなわちわがままを受け入れてくれた。主治医とはこういうものなのだと、今まで自らが体験したことのない不思議な感覚に包まれた。

そして、手術日は1週間後の6月15日（金曜）に決まった。

頼んだぞ、高瀬先生！

栄養剤エレンタールは××の味

エレンタールとは、口から食事が十分には摂れない患者や、点滴治療が続く患者などに対してカロリーなどを補充するものであり、いわゆる栄養剤だ。

水分摂取は許可されたとは言え、まだ食事を禁じられている私は、栄養を補うためにエレンタールが開始されることとなった。

入院4日目、エレンタールが病室にやってきた。

そのままでは味が悪く飲みにくいという理由から、味付けのオーダーを訊《き》かれた。

以前担当していたある患者が、コーヒー味ならまだ飲めると話していたのを思い出した。早速、味付けはコーヒーでお願いした。

いよいよ現物がやってきた。３００ミリリットルもある。色はコーヒーとはほど遠く、子供の頃に飲んだ漢方薬のような見た目だった。さらに匂いを嗅ぐと、消毒薬もかくやという異様なものだった。

一口ずつ飲むのがいいか、一気に飲むのがいいか、どちらも甲乙つけ難い。結局、苦しみは少しずつのほうがまだましと判断し、30分くらいかけて飲み干した。正確に言えば、最後の20ミリリットルほどは洗面台に飲んでもらった。

どうしてこんなに不味いのか。これもまさに拷問である。全国の、いや全世界の食品・飲料メーカーは、患者の身になって味付けを研究する意思があるのか。世間には、やれ、弱者に優しい社会を、弱者をいたわる社会をなどと散々言い放っておきながら。本気でやってくれよ！　患者のために。

とは言え、エレンタールは明日からも続く。明日は別の味付け、たとえばパイナップル味でいくか。

次の日は、早朝午前3時過ぎに催して目覚めた。今日の便も黒い。しかも下痢。エレンタールのせいもあるのだろう。しかもこのエレンタール、選ばれし者だけが体験できるあの貴重な味覚が、まだ口の中にはっきりと残存していた。急いで歯ブラシを手に取った。

朝7時、本日分のエレンタールがやってきた。今日のオーダーメニューはパイナップル味だ。

看護師が言った。

「1日かけて飲んでもらったらいいですよ」

よかった。ぼちぼちやろう。

ひとくち口をつけて驚いた。パイナップル味のエレンタールは、まだいける！

その調子でグイグイいき、すべて飲み干した。しかしそれが、あかんかった。急にフワッとして、おなかが張ってきた。入院した日にちょっと似ている。まさか、悪魔の出血を助長させたのか。

ゆっくりと横になった。わずか300ミリリットルほどの飲み物で倒れていたのでは、社会復帰はおろか人生復帰すらおぼつかない。先が思いやられる。

その後、呼吸機能検査。息を吸えない、吐けない。情けない。

さらにその後、歯科口腔《こうくう》外科診察。動揺歯《どうようし》が数本あると言われた。動揺歯とは文字通り、ぐらぐら動き揺れる歯のことだ。どういうわけか今まで自覚していなかった。「動揺歯あり」と言われただけでこちらも動揺したのに、口腔外科医は続けた。

「これら動揺歯の中で、一本は手術のリスクを下げるために、抜歯が必要になります」

「なんと、抜歯か……」

ショックだった。1週間後の手術までたどり着けるのか。

トドメを刺されたのが、夕方の発熱。38度6分。すぐに血液培養《ばいよう》の検査を受けた。血液の中に菌がいるかどうかを調べる。血の中に菌に侵入されたらアウトだ。

この血液検査でさえ、私にとっては簡単なことではない。なぜならば、血管が出にくい体質だからだ。100キロ超えの図体から血管はもともと出にくいうえに、こんな弱っている状態だから、ほとんど皮膚に現れてこない。看護師泣かせの血管だ。

この日担当してくれた看護師も、私の血管を探すのに苦労していた。ようやく目指す獲物を見つけてくれ、いよいよ針を突き刺す瞬間、彼女は呟《つぶや》いた。

「せーの」

気を引き締めて事を成就《じょうじゅ》させようと、思わず出た言葉かもしれない。吹き出しそうになったが、必死にこらえた。吹き出して体を揺らしてしまっては、血管も安定しないからだ。同時に私も「せーの」と気合いを入れた。

「針よ、必ず血管に入ってくれ！」

彼女のおかげで、血液培養の検査は無事終了した。

妻のコンソメスープがこんなに美味《おい》しかったなんて

外科病棟に移って間もなくして、妻が手製の具のないコンソメスープを持ってきてくれた。水分摂取は許可されているが、食事は禁止されているからだ。コンソメ、うまかった。こんなすぐ傍に極上の一品があった。ジスト発病前にも飲んでいたはずなのに、それまでは全く気がつかなかった。人は「普通の」日常では、身近な幸せに気づきにくい。このような非常時にでもならないと。

妻よ、我が家の至宝として、コンソメのレシピを書き残してくれ。

さらにその後、入院してから初めて息子が面会に来てくれた。たわいのない話をした。出来の悪い息子だが、会えるとやっぱり嬉しい。

時々、知人から言われる。

「カエルの子はカエル」

それは風貌のことか、あるいは性格のことか。それとも両方か。

私は彼に声をかけた。心の中で。

「おまえのためにも、何とかもう一度だけでも人生復帰をしたい。体はかなり弱っているから、元気に元通りに回復とまではならないかもしれないが。お世辞にも、おまえの学業の出来はいいとは言えないけれども、おまえはオレにとって、オレたち夫婦にとって、唯一無二のかけがえのない存在だ」

この時、なぜか息子が生まれた頃を思い出していた。

産み月となっていた妻はある夜、突然破水した。実はこの頃、歯茎《はぐき》に痛みを生じ始めていた私は、近くのデンタルクリニックで診察を受けた。そこで「歯根嚢胞《しこんのうほう》」と診断され、大学病院での手術を指示された。

手術と言っても大がかりなものではなく、外来通院で可能な短時間で済む処置だった。もちろん歯根嚢胞は悪性の病気ではない。帰宅後、その旨《むね》を妻に伝えた。しかしいつも私の身を案じてくれる妻には、「大学病院での手術」というのがショックだったようだ。しかも間近に出産を控えている身重《みおも》なことも、ショックに拍車をかけたのだろう。その夜中の破水だった。

通っていた産婦人科病院に早速ふたりで向かった。妻は即入院となり、丸一日かけて何とか出産にこぎつけた。2890グラムの男の子だった。

私は叫んだ。

「妻と息子、ふたりとも、よぉ頑張った‼」

予定日よりも2週間早かったとは言え、その後の経過は母子共に順調だった。と言うよりも順調に見えた。妻は問題なかったのだが、息子に少々問題が生じていた。顔が黄色いままだったのだ。体の皮膚も黄色い。黄疸《おうだん》が続いていることは、誰の目にも明らかだった。生まれた直後の新生児において、黄疸がしばらく続くことは少なから

つかの間の休日、親子水入らずで仲よく神社参拝（2003年5月、三重県多《た》度町《どちよう》の多度大社にて）

ずある。そのことは私も妻も知っていた。

しかし、私たちは不安だった。

「我が息子の黄疸は、ちょっと長くないか」

案の定、このまま黄疸が続くとよろしくないということになり、保育器の中で周りから光を当てて治療する光線療法が始まった。幸いなことに、2日間の治療後、息子は退院できた。

「これからは、生きていてくれさえすればいい。それ以上のことは何も望まない」

初めて我が家に連れて帰ってきた息子の寝顔を見て、私はそう強く思ったものである。


あれから20年近く。息子は無事に育ってきてくれた。

それだけで十分なはずなのに、出来の悪い息子を憂《うれ》え、出来のいい息子を望む自らを、私は恥じた。

こんなふうに振り返っていることも知らず、

「オレは前もって予定を立ててじゃなくて、フラッと来るので、よろしく」

そう言い残して、息子は病室を後にした。

極秘の「コードE作戦」

入院後6日目。いよいよ手術まで1週間を切った。カウントダウン開始だ。

今日も午前10時頃、エレンタールがやってくる……と思いきや、なんとパイナップル味が品切れで、青りんご味ならばあるという。

「パイナップルはまだオレには合《お》うてたのに、また新たな試練か」

飲みやすいから、やはり人気があるのだろう。残念だ。しかし、ないものは仕方ない。今日は青りんごでいくとしよう。

いざ飲んでみると、何とかいける。パイナップル味ほど飲みやすくはないが。今日は昨日のようなおなかの張りが出ないように、ゆっくり飲もう。時間をかけて。いろんな味を試せるのも悪くない。でも、コーヒー味は論外。

今日も相変わらず熱が上がり、38度6分だ。全くやる気が出ない。生きる気すら出ない。そんな中、午後4時までかかり、どうにか青りんご味のエレンタールを飲み干した。その後、妻が持ってきてくれたメロン果汁を3口飲んだ。それはメロンを切った後に染み出て皿の底に溜まるものだ。普段なら見向きもされない代物《しろもの》だろうが、今の私には美味だった。

妻と、ふとこんな話をした。

「もし今、東南海大地震が起こったら、間違いなくオレは死ぬだろう」

「私も一緒に死ぬ。命に執着《しゅうちゃく》なんかしない」

妻は返してきた。

そこで私はこう言い返した。

「そんなふうに言われても、全くオレは嬉しくない。命に執着しても生きられないのが今のオレだ。患者なら誰でもそう思うだろう。そして、生きることができる人たちには、あらん限りを尽くして生きていってもらいたい。あかさんも」

妻は、自宅に帰った後、メールをくれた。

うん

生きるために
なんだってやる
全力で

　嬉しかった。よしオレも、とまでの力はさすがに出なかったが、ちょっぴり勇気をもらった。すると翌朝、体温が37度1分に下がっていた。入院7日目のことだ。すごいぞ、あかねパワー！

　ここで私は極秘作戦を企《くわだ》てることとした。名付けてコードE作戦。Eとはエレンタールのことである。

　エレンタールが始まって以来、ずっと下痢が続いている。病気のせいもあるのだろうが、エレンタールにも原因があると思うようになってきた。

　下痢をすると、せっかく体の中に入れた水分がそのまま、いやそれ以上に失われてしまう。だから本音を言えば、エレンタールを中止してほしかった。しかしこんなことをドクターやナースに言えるわけがない。なぜならば、二の矢、三の矢とばかりに次なる栄養剤が繰り出されるからだ。

エレンタールの他にも栄養剤はいくつもある。どれも不味いだろうし、下痢などの副作用もきっとあるだろう。この弱った体で立ち向かえることなどありえない。よかれと思って、スタッフはあの手この手を尽くしてくれているというのに。全くわがまま・身勝手な患者だ。

そこで編み出したのが、このコードE作戦だ。

この作戦は、エレンタールを今まで通り笑顔で受け取り、その後、洗面台に完食させるというものである。むろん、一気に飲ませてはいけない。私が今までしてきたように、夕方まで時間をかけて実行する。発覚を防ぎ、この任務を完全遂行するためだ。ぬかりはない。

睨《にら》んだ通り、今日の味付けはパイナップルもなく青りんごもなく、マンゴーであった。もし、今日のエレンタールを「洗面台が」飲み干したとすると、味についての感想を訊かれても答えられない。だから、アリバイづくり（?·）に、エレンタールにマンゴーフレーバーを混ぜる前に、ナースに頼んでフレーバーの粉末をひと匙《さじ》舐《な》めさせてもらった。

うーん、確かにマンゴーっぽい味はした。マンゴー味だけに。

さらに、看護師に、わざわざこう話しかけてみる。

「本物のマンゴーだったらいいのになぁ」

「そりゃ、そうですよね」

看護師は全く疑うそぶりも見せず、満面の笑みで返してくれた。まさか、飲むのは洗面台だとは思ってもいないだろう。完璧《かんぺき》である。とりあえず、コードE作戦の滑り出しは順調だった。


同じ日の午後、東京にいる妹が病室に駆けつけてくれた。取りとめのない話をする中で、ふと、今月が彼女の誕生日だったことを思い出した。

「もうすぐ誕生日やな。おまえがいることはとても嬉しいし、誇りに思っている」

妹は返した。

「私も、とても頼りにしてきた。特にお父さんが亡くなってからは。とにかく手術ができるように祈ってる」

「おぉ、また会おう」

こんなふうに、差しで語り合えたのは何年ぶりだろうか。もしかしたら、彼女が生まれて以来初めて、だったかもしれない。

その後2日経った、入院9日目。

主治医である高瀬先生に、思い切って切り出した。

「先週木曜日からずっとエレンタールを飲んでいるんですが、下痢がひどくて。一度やめてみてもいいですか？」

「ああ、そうですか。下痢がひどいのなら、もうエレンタールはやめましょう。水だけにしといてください」

ヤッター！　ここに極秘コードE作戦完遂。

点滴の管から逃れたい‼　～コードS作戦、玉砕《ぎょくさい》

エレンタールを無理して飲まないコードE作戦は成功したが、それ以上に厄介《やっかい》だったのが点滴だ。

ジスト発病後、徐々に体重は減りつつあるとは言え、入院後もしばらくはまだ100キロ前後あった。依然として腕の血管は出にくい。看護師は血管を探すのに苦労していた。まさに欠陥《けっかん》血管だ。しかし食事は止められているし、エレンタールだけでは十分とは言えない。そうなると、点滴治療もやめられない。

「すみません。点滴の入ってるところが、ちょっと痛くなってきました」

「あぁ、漏れてますね。点滴を刺し替えましょう」

「すみません。入りにくい血管で。お手数おかけします」

「大丈夫ですよ。仕事ですから」

こんなやりとりが、1日に2〜3回続く日もあった。

「血管よ。頼むから出てきてくれ」

こちらは願うばかりなのに、誰かさんの血管はなかなか言うことを聞かない。全く、血管の持ち主そっくりだ。

また、出にくい血管であるため、刺し入れる針や管は、どうしても細めのものになる。ここで点滴の入るスピードが問題になってくる。その管が細ければ細いほど、液体の流入する量は少なくなるのだから、自《おの》ずと点滴の入るスピードが遅くなり、時間がかかるようになる。

ある日のことである。この日は朝7時から点滴が始まり、3時間で終わる予定だった。

しかし2時間経ってもまだ点滴の残量が多かったため、コードS作戦を密《ひそ》かに実行した。Sはスピードのことであり、コードSとは点滴のスピードを、患者である私が勝手に操作するものだ。

通常、点滴にはさじ加減があり、注入速度を速くも遅くもできる。当然、患者が勝手に変えられるものではない。

だが、何と言っても私は医療専門職だ。少しでも早く点滴を終わらせて、できうるならば、その点滴と体とを繋《つな》ぐ管から逃れたいという衝動があった。点滴を腕に繋がれるということは束縛に他ならず、もしそれが両腕ともなれば、まさに拘束そのものになるからである。しかし、ここでは私が医師であることなど全く関係ない。単なるひとりの患者に過ぎないのだ。

ところが午前10時過ぎ、このコードS作戦は見事に見破られてしまった。今日の看護師は、抜け目のない極めて優秀な軍師だった。

「高瀬先生から、点滴の速度を速めてもいいと言われてましたか」

マスクで隠されているため口元はわからないが、明らかに訝《いぶか》しげな目つきだった。

その眼差しは、明らかに私を叱っていた。そんなふうに主治医から言われているはずがない。だからと言って拘束から解放してほしいと叫ぶこともできない。ジストの治療のために入院している身だ。

とっさに、

「トイレに行って戻ってくると、点滴が止まってしまうことがあるんです。止めちゃいけないと思って、自分で速度を調節することがありました。本当に申し訳ございません。これからは点滴が止まった場合は、勝手に操作せずに必ずご連絡差し上げます」

と言い訳していた。我ながら大したやつだ。黒を白と平気で言い放てる。詐欺師《さぎし》になる資質は十分すぎるのかもしれない。

ただしコードS作戦は、あえなく玉砕。

病院では絶対に看護師を敵に回してはいけない。格言のひとつだ。

輸血〜4人の方の善意で救われる

次に登場してくるのが輸血だ。

入院日数が増えるのに比例して、貧血も強まってきていた。入院前日から発生したような大出血は治まったようだが、小出血は続いているのだろう。血液検査で測定するヘモグロビン値は徐々に低下していた。

ヘモグロビンとは血色素《けっしきそ》と呼ばれるもので、その値は血の濃さを示す。それが下がれば貧血ということだ。貧血になれば輸血をすればいいと考える人もいるかもしれないが、事はそう単純にいかない。なぜならば人間の血液には、現在未知のウイルスなどが含まれている可能性があるからだ。今現在は測定できない病原体が。

過去の代表的なものが、C型肝炎ウイルスだ。このウイルスは私が医師になった1988年には、まだ詳細には正体がつかめておらず、非A・非B型肝炎ウイルスと呼ばれていた。もちろん今はその正体が解明されている。こういった理由から現在は、貧血があるという理由だけで安易に輸血を行うことはない。必要性を吟味《ぎんみ》した結果、やはり輸血治療が不可欠となった場合にようやく施《ほどこ》される。

しかし、今はそんなことを言ってはいられない。輸血によって未知のウイルスなどが体の中に入ってしまい、不具合が生じるかもしれない未来のことより、現在の命のほうが重要だ。なにせ10センチの悪魔だ。たとえ手術で切除することができたとしても、その後何年も、とは生きられないだろう。

「出血よ！　後生《ごしよう》だから、いい加減に止まってくれ！」

ついに、入院8日目と9日目の両日、輸血治療を受けた。

しかし、ここでも輸血を体に入れる針や管が、再度私の壁となった。見た目の通り、輸血は点滴よりも中身が濃いので、体に入れる針や管は点滴よりも若干《じやつかん》太くなる。その針と管が入りにくいのだ、私には。

やはり看護師を悪戦苦闘させてしまった。本音を言えば、私も悪戦苦闘していたのだが、そんなことはおくびにも出せない。手術治療を控えたジスト患者である私は、所詮《しよせん》「まな板の鯉《こい》」だからだ。身をもって知った。

2日間にわたり、1600ミリリットルの血液が、体内に注ぎ込まれた。

献血をしたことのある方は思い出してほしい。1回あたり400ミリリットルが主流のはずだ。少なくとも4人の方々からの善意が、私の背中を押してくれた形だ。

2日間の輸血の後、それまで生じていたふらつきや動悸が少しは減ったことを実感した。

全身麻酔《ますい》前に歯を抜く

入院8日目。

先日、歯科口腔外科を受診した際、動揺歯を指摘された私は、手術前に抜歯するよう命じられていた。それが今日である。

しかし元来私は抜歯も苦手だ。今までにも二、三度抜歯を経験したが、いずれもその後1週間ほど、苦しい思いをしたように記憶している。しかもすべて平常時の話だ。こんな非常時に抜歯など、耐えられそうもない。

できれば術後に延期してはもらえないか。その旨を高瀬先生に相談したところ、彼は麻酔科医師にかけあってくれた。しかし、麻酔科医の答えはノーだった。全身麻酔時に歯が折れては大変なことになると却下されたと、後で高瀬先生は教えてくれた。

従ってこの抜歯は、私にとっては命令となった。

この日に輸血が始まったこともあり、輸血を受けながら、その途中での抜歯だった。ドキドキものだったが、極めてスムーズかつ楽に抜歯は終わった。

口腔外科医の西口浩明《にしぐちひろあき》先生も腕がいい。助かった。

一段落がついた頃、もう夕方5時を回っていた。特に気になるものではなかったが、グラグラ揺れる歯を抜いてもらったことで、心なしか起きて座った時の〝頭フワッと感〟がとれたような気もする。きっと輸血を受けたことも好影響を与えてくれたのだろう。

夢に出てきたチキンサンド

手術前の、ある夜のことだった。

午前3時過ぎ、病室で目が覚めた。この病気が夢ならいいのに、の「夢」ではなく、眠っている時に誰もが見る、あの「夢」のことだ。かなりリアルな夢だった。

どこかへ出張する最中の、新幹線に乗り込む直前の待合室に、私はいた。メンバーは教育委員か同僚の医師仲間か、夢だけにはっきりとしない。

私は2012年から、出身地でもあり、今も居住している地元の三重県桑名郡木曽岬町《くわなぐんきそさきちょう》で教育委員を務めていた。

出張中のメンバーは4、5人だ。その中のひとりが、チキンサンドを食べていた。とても大きなものだった。

「よければどうぞ」

その人は、隣に座っていた私と、もうひとりにチキンサンドを少し分け与えてくれた。もうひとりのメンバーは言った。

「美味しいです」

私も思わずほお張っていた――ダメダメ絶食中だ。なのに夢の中の私は一口食べ、何度も噛《か》みしめ味わっていた。殊《こと》の外《ほか》美味しかった。特にチキンとパンの間に塗り込められたマヨネーズが。

ここで、新幹線の乗車時刻が近づいたのだろう。あるメンバーが立ち上がり、つられて私も立ち上がった。と、その時だった。

メンバーが私の顔を見るなり、驚愕した表情でこう言った。

「黄疸が……」

私はすぐさま自分の手を見た。しわがれた生気のない、まさに死人の手だった。そして、紛れもなく黄色かった。

「もうダメだ」

私は悟った。誰かが大学病院かどこかの救急病院に連絡してくれていた。

周囲に私は叫んでいた。

「海南《かいなん》病院に連れてってくれ！　何とか手術だけは受けたい！　もう一度だけ帰りたい‼」

同時に、震える手で妻に電話をかけていた。

もう最期《さいご》なら、この言葉をかけたい。最愛の妻に。

「I love you」

結婚して四半世紀以上が経っていた。

これほどまでに彼女を愛していることに、改めて気づかされた瞬間だった。

ここで、目が覚めた。

実は、結婚20周年には、妻からメールで、こんな言葉をもらっている。

毎年この日がくるのを嬉しく思います。長かった20年ですが、振り返ってみればあっという間でした。人柄がよく、尊敬できる伴侶に巡りあえて私は幸せ者です。結婚前よりも後のほうが、より好きになれたと思います。どうぞ今のまま変わらずいてください。優しいとこも無邪気な面も。感謝、感謝です。

あかね

2011年5月12日のことだった。

それにしても、リアルな夢だった。今思えば、手術の10か月後に現実に起こることを予期させるようなものだった。

手術前日は気分爽快

6月14日（木曜）の朝を迎えた。手術前日だ。

この日は朝から喜ばしいことがあった。

トイレで排便すると、なんと便の黒色が少しだけ薄くなっていたのだ。6月4日に下血して以来、初めてのことだ。いつも真っ黒だったのに。ジスト発病前には便の色で喜ぶことなど決してなかった私だが、とても嬉しかった。

昼過ぎには入院してから初めてシャワーを浴びた。明日に手術を控え、清潔が必要だと看護師から指示されたものだったが、浴びてみると心地よかった。

また、就寝までは水分を摂ることが許可されていたので、妻が持参してくれた例のコンソメスープをまあまあ飲んだ。いや、ごくごく飲めた。この時は、まさかこれが「ごくごく」飲める最後になろうとは全く思っていなかった、こんなふうに。

いよいよ手術へ

6月15日（金曜）、手術当日。

やはり、前夜はあまり眠れなかった。手術を受けた後に退院して人生復帰、そして社会復帰、さらには職場復帰が実際にできるのか――。様々な不安が脳裏をぐるぐる駆け巡っていたからだ。

少しはうとうとしたのだろうか。午前6時前には目覚めた。

6時半には、妻と息子が病室にやってきた。朝が弱い息子は必死で起きたらしい。ふたりの顔を眺めながら、これが、話ができる最後の機会になるかもしれないと覚悟した。

残念ながらジストが進行しているだけに、これから受けるのは、病気を完全に治すための手術ではない。しかし、大量出血したあの日から3、4日で命を落としていてもおかしくなかったのだ。手術できるだけでも御《おん》の字《じ》なのである。

やっとスタート地点に立てた。ゴールはもちろん自宅だ。途中のどこかでドロップアウトするかもしれない。もしかするとそれは「死」なのかもしれない。だが、何はともあれ、このスタート地点までたどり着けたことを、私は素直に喜びたかった。ここまで来られたのは、紛れもなく妻と息子のおかげだ。

今生《こんじょう》の別れなどになってたまるか。

午前8時半。

「オレはこれから、おまえたちと生きていくために手術する」

息子にはグータッチを、妻にはそっとキスをして、車いすに乗った私は病室を出た。

いざ手術に出陣！

手術成功！　しかし……

私を呼ぶ妻の声で目が覚めた。午後4時過ぎだったろうか。集中治療室だった。

生きている。

ただ、体が動かなかった。左手を除いて、腕や足が完全に拘束されていたからだ。

口には酸素マスク、腕には何本もの点滴の管、体には心電図や血圧計などの機械が取り付けられていた。さらに鼻に入れられた管は、喉の奥で何とも言えない違和感をもたらしていた。

でも、私は生きていた。

手術は4時間かかったらしい。

妻が、しきりに何かを言ってくれていた。しかし、何を言っているかわからない。

おそらく、

「手術できたよ。よく頑張ったね」

とでも言ってくれていたのだろう。

うまく聞き取れなかったが、妻が涙しているのは見えた。私は左手で彼女の手を強く握った。妻も強く握り返してくれた。

面会時間が限られているため、この時は長いこと一緒にはいられなかったが、妻は午後7時頃、もう一度来てくれた。傍にいてくれると嬉しいし、安心できる。しかし妻が帰った後の事態は、全く予想していなかった。

不思議なことに、ひとり残された私は目が冴《さ》えてきた。そして喉の奥から痰《たん》というのか、分泌物《ぶんぴつぶつ》が口に湧き上がってくるのに気がついた。このブツは引っ切りなしに出てくるため、その都度《つど》ティッシュで拭《ぬぐ》う必要があるのだが、これが左手だけでは思うに任せない。

さらに、手足を拘束している機械が、定期的にブーッという音と共に締め上げてくる。血圧を測るものと、血液の鬱滞《うったい》を防ぐためのものだ。

追い打ちをかけるように、血液検査も頻繁《ひんぱん》に行われた。全く眠れない。目は冴えてくるばかりだ。妻もいない。一向に眠れる気配がない。時計の針も遅々として進まない。一睡もできないまま、長く苦しい夜が続いた。ようやく窓の外が白《しら》んできた頃、

「こんなことなら、睡眠薬を断らなければよかった」

と、薬嫌いの自分を後悔した。

しかしこれは、術後の艱難辛苦《かんなんしんく》のほんの序章に過ぎなかった。

39度を超える高熱

手術翌日には、集中治療室から外科病棟の個室に戻った。6月16日（土曜）のことだ。

相変わらず、管はいっぱい付けられていた。精一杯ながら、何とか洗面にだけは行けた。

個室には洗面台やトイレも備わっていて、本当に助かった。これから少しずつ心身共に回復させていくぞ！　と勢い込んでいた矢先に、異変がやってきた。

39度5分の高熱だ。治療のことは医師や看護師に任せていたものの、気づいたら妻にメールしていた。

「高熱でもうあかんかもしれないので、3日間だけでも付き添ってくれへんか」

急遽《きゅうきょ》、妻が駆けつけてくれた。嬉しかった。

その後も、少し下がったとは言え、体温は38度台が続いた。しかし、そんな中でも動かないと、血液が鬱滞したり筋力が落ちたりして、体全体にはよくないということで、管を付けたまま歩行を強制された。さすがに、尿の管は抜いてもらったが。

約束の3日が過ぎたが、妻は私を気遣い、付き添いを続けると言ってくれた。

ところが、また異変がやってきた。今度は妻に。

「私、血尿が出た。真っ赤《か》っ赤《か》の。膀胱炎《ぼうこうえん》やと思う」

私は妻に言った。

「オレのことはええから、病院で診察を受けて薬をもらって、家で休んでくれ」

近くの医院で妻は出血性膀胱炎と診断され、内服薬治療が開始された。それでも付き添うと言い張っていた妻だが、時を同じくして息子も体調を崩し発熱したことで、ようやく自宅で過ごすことに同意した。家族みんなが病《やまい》にかかるとは、これぞまさしく負の連鎖《れんさ》だ。

幸いなことに、発熱は徐々に和らいでいったが、一向に治まらなかったのは、おなかの痛みだ。手術の傷痕が30センチほどと大きく、体を動かす時はもちろん、くしゃみをすると激痛が走った。しゃっくりでさえ、それが起これぱきっと現れるだろう激痛に、私は怯えた。

痛みの対策として、硬膜外《こうまくがい》麻酔という、背中に入った管から痛み止めの薬を入れてもらう方法を採った。この方法は、痛くなった時に自分で機械のボタンを押すことで、薬が入っていく画期的なものだった。ナースコールで呼ばなくてもいいし、何回でも押していいと言われてホッとした。

しかし、脂汗《あぶらあせ》が出た夜もあった。

その夜は痛みが繰り返されたため、何度も痛み止めのスイッチを押していた。しかしある時から、全く薬が効かないほどの激痛となってきた。堪《たま》らず、夜間巡回に来てくれたナースに訴えた。

「痛みがなかなか取れないんです」

ナースは、痛み止めの機械を見ると言った。

「痛み止めの薬がもうなくなってますね。すぐに追加します」

何度もボタンを押していたので、予定よりも早く薬がなくなっていたのだろう。

苦しい夜だったが、その後は痛みも和らぎ、眠ることができた。手術直後の、あの夜とは違って。

夫婦の間でも羞恥心《しゅうちしん》はあるんや……

入院中、術後に悪戦苦闘したことが実はもうひとつある。それは蓄尿《ちくにょう》だ。

蓄尿とは文字通り、尿を蓄《たくわ》えることだ。入院患者を診療するにあたり、食事や水分、さらには点滴など、体に入った物の内容および量をチェックすることが必要である。

一方、排便や排尿など、体から出た物をチェックすることも重要だ。インとアウトのバランスは、生体を維持するために必要不可欠なのである。たとえとしては不謹慎かもしれないが、家計において生活を維持するために、収入と支出のバランスが大切なことと同様だ。

生体のインアウトバランスは、病気が重症になればなるほど重要度を増してくる。治療もきめ細かになるからだ。もちろん、これらはすべて、医師の視点によるところが大きい。

ここで、蓄尿が登場する。

自力で排尿ができない場合には、管が尿道から膀胱まで通されているので医師のチェックも容易であり、ある意味、患者は何もしなくていい。ただこのバルーンカテーテルと呼ばれる管が、不快感もあり非常に苦痛だ。管が不要となり、抜いてもらった時の解放感は格別で、今も忘れられない。

一方、この管が通っていない場合には、自分で尿を採り、溜めることとなる。

トイレで排尿時、まず中ジョッキぐらいの金属製のカップに自尿を噴出させる。こぼさないように。その後、カップからビヤ樽《だる》のような容器に移し替える。ここでもこぼしは厳禁だ。

男性限定の話で恐縮《きょうしゅく》だが、片方の手で排尿元である一物《いちもつ》を支え、もう一方の手でカップを保持する。こぼさないようにするためだ。健常者ならば簡単にできるだろうが、当人は病人、それも重病人だ。さらに点滴などが腕に入っていたら、どうだ。それも両腕だったら——。本当に大変だった。

ある時、妻にひとつの役目を委ねることとした。ミッションは、カップを持ってもらうこと。しかし、なかなかうまくいかない。尿が出てこないのだ。おそらく膀胱には溜まっているはずなのに。

妻は言う。「私は平気やから、大丈夫」

違う、違う。オレが平気やない。大丈夫やない。夫婦の間でも羞恥心はあるんや‼

妻との悪戦苦闘は、蓄尿指示が中止されるまで続いた。

この時初めて、治療という大義名分の下《もと》で、今まで患者に蓄尿を強要していた医師としての自らを大いに恥じた。

急転直下、病院脱出を決意

術後1週間ほど経ち、食事が始まった。

モリモリと、というペースにはほど遠いながらも、どうにか食べられつつあった。

そして6月4日のジスト発病以来初めて、便の色が黒くなくなった。

この頃、妻のお母さんとお兄さんが面会に来てくれた。ふたりには面会ならびに今までのことを感謝申し上げた。さらに、悪性度の極めて高い病だけに、もしもの場合もありうることを話した。お義母《かあ》さんは涙していた。


手術から間もなく2週間となりそうなある日、主治医の高瀬先生が病室で告げた。

「病理検査の結果は、もうしばらくかかりそうです」

ということは、検査結果を待つだけならば、入院し続けている理由はほとんどない。

小一時間ほど考えて決意した。

「今日、今から帰ろう」

やはり病室での生活はきつい。メンタルにきつい。シャバから隔離《かくり》された刑務所のような一面もある。結果は来週以降、外来通院で聞こう。その後、退院および次回診察の手続きや妻の予定などもあったが、何とかこの日のうちに病院を脱出することができた。

6月27日（水曜）、午後1時半過ぎのことだった。24日間に及ぶ入院生活だった。

退院は「本当の闘病」の始まり

妻の運転する車で、ようやく我が家に帰ってきた。

手術を終えてからは、

「家に帰ったら、こんなことしよう。あんなことしよう」

と毎日それればかり考えていたのに、いざ戻ってみると、すぐには何もする気が起こらなかった。とにもかくにも家に帰りたかった。そして、とりあえず家に帰ってきた。

これだけで十分だった。

翌6月28日（木曜）には、2週間ぶりの入浴。入浴と言っても、湯船に浸かるのではなくシャワーだけ。それでも髪、顔、体がさっぱりした。毎日は要らないけれど、3日に1回くらいは入りたい。この時はそう思った。

退院したその日、思いがけない事実を息子から知らされた。

息子が帰宅した私を見て、

「おぉ、帰ってきたんか。おかえり」

「ただいま。詳しい結果はまだ出ーへんので、思い切って今日帰ってきた」

「結果はまだなんかぁ。まあでも帰ってこられたのは何よりやな」

「その通りやな。入院中はいろいろとありがとうな」

ここで少し間を置いて、彼は言った。

「実はおやじの入院中、おふくろは大変やったんや」

「ん？　どうしたんや？」

「おやじが6月4日に入院してからずうっと、おふくろ泣き通しやったんや。おやじの脱ぎ捨ててった服を握り締めて、それで顔を拭いて」

妻が話に入ってきた。

「そう。それをあんたが励ましてくれたんよね。私の頭に手を当てたり、背中をさすってくれて。あんたもつらいはずなのに」

息子は返した。

「うーん。でもオレはおやじが入院した時に、おやじの死を覚悟した。おふくろは昨日もまだ泣いてたけど、特に6月15日の手術までがひどかった」

妻が言った。

「そうやったなぁ。ほんとにあんたには助けられた。ほんとにありがとう」

「そんなことがあったんかぁ。ふたりには心配かけたな。これからはどうあっても、生きられる限りオレは生きていくからな。おまえたちと一緒に」

私は、妻と息子に誓った。

しかしここから、本当の意味での闘病が始まった。

第二章　緩和ケア医を目指すまで

医師生活30周年の大病

24日間にわたる緊急入院と手術からどうにか生還し、住み慣れた我が家で一息ついた私は、ふと気がついた。

「今年は医師生活30周年、記念の年やったか」

病理検査の結果が出るまでには、まだ間がある。

今は、先のことは考えたくない。

私は、これまで歩んできた道のりを、ひとつひとつ思い出していた。

医学部に入った頃、医師として就職した頃、内科医からホスピス緩和ケア医に転じた頃、「傾聴《けいちょう》」を学び始めた頃、そして「いのちの学習」と呼ばれる授業をしていた頃のことを――。

信じられなかった「医学部合格」

1982年の春、三重大学医学部に入学した。

本来なら念願の大学入学、それも医学部へ、となれば喜びいっぱいだろう。もちろん嬉しいのは嬉しいのだが、何となく変な違和感が拭《ぬぐ》えなかった。謙遜《けんそん》でも何でもなく、ただただ運だけで合格できたからだ。

名古屋市内の中高一貫の私立進学校出身の私は、中学時代こそ、学年で成績上位のほうだった。三重県の片田舎《いなか》から華やかな名古屋の学校に通い出した人一倍勝ち気な少年は、都会のやつらには負けたくなかった。

というのも、決して運動音痴ではないと自負はしていたが、さすがに同学年が約450人もいるとなると、スポーツで学年トップになるのは不可能だと早々に悟ったからである。

とかく人間は一番になりたがる。ならば勉強で、と日々学習に励んでいた。

私のスタイルは予習中心で、授業で進むであろう1週間先の分を独学していた。振り返ると、一生で最も学習した時期だった。復習もしていたが、予習復習に割く時間割合はおよそ9対1だった。

そんなわけで、エスカレーター式とは言え高校に入学した時、トップ10以内だった私は、そこで学業をなめてしまった。もしかすると人生までも。火に油を注ぐように、ある教師が私を煽《おだ》てた。

「このままいけば、東大でもどこでも希望の大学に、おまえなら入れる」

煽てられて天狗《てんぐ》になるのも人間だ。

しかし、この「このままいけば」が曲者《くせもの》だった。人生までもなめてしまった弱冠《じゃっかん》15歳がその後、学習スタイルを崩壊させたことは言うまでもない。予習復習はおろか、テスト前すら全く机に向かわなくなった。

当然、学業成績は下がり続けた。高校2年で順位は2ケタとなり、3年では3ケタとなった。ここでひとつの真実が明らかになった。私の頭脳は決して抜群ではなかったということだ。特大の勘違いやった。しかしながら、当時大好きだった読書だけは続けていた。

さすがに、高校3年時の担任はこう訊いてきた。

「志望大学はどこだ？　進みたい学部はあるのか？」

高校入学時の片鱗《へんりん》すら残っていなかった私は、進みたい大学はおろか、学部すら正直、真剣に考えていなかった。ただ、何でもいいので人と関わる仕事に就きたいとは漠然と思っていたため、

「機械が好きじゃないので工学部は嫌。実験や研究も嫌いなので理学部もだめ。人を相手にするのが好きなほうなので、理系だったら医学部ぐらいしかありません」

としゃあしゃあと言い放った。

医学部「ぐらい」「しか」、などと偉そうによく言ったものだ。身勝手さはこの頃から筋金入りだ。

通っていた高校では、当時2年生から、進路希望に合わせて文系・理系のクラスに分かれていた。クラス選択直前まで全く進路を考えず、のんびり読書ざんまいで過ごしていた私に、中学・高校と在籍していた陸上部（タイムは速くなかった）の先輩のひとりが言った。

「おまえ、文系か理系かもう決めたか？」

「いえ、まだです」

「そしたらおまえ、絶対理系にしとけ」

「なんでですか？」

「おまえはあほか！　文系から理系には変われんけど、理系から文系には後でも変われるからや。数学が絡《から》んでくる。そやから何にも決めてないおまえは、絶対理系にしとけ！」

このアドバイスがなければ、今の私は存在しなかったと言っても過言ではない。

先輩の助言に素直に従い、高校２年、３年と理系クラスに所属した。５教科すべての成績が振るわない中で、とりわけ理科と数学の成績が極めて悪い中で。高校３年の担任の専門は数学だった。

「医学部〝ぐらい〟〝しか〟って。医学部が一番難しいんだぞ。おまえはそれがわかっとるのか！」

担任の数学教師は呆《あき》れ顔で、私を叱咤《しった》した。

その後も大してやる気が出なかったが、なりゆきで大学共通一次試験を受けた。

他学部に保険をかけることもなく、無謀にも志望は医学部一本槍《いっぽんやり》である。

一次試験はマークシート方式だった。マークシート方式とは、コンピューターが採点しやすいように、選択肢の中から正解と思うものを選び、解答用紙の該当する箇所を塗りつぶして答える方法である。競馬の馬券投票と同じだ。記述式とは異なる。その際、問題用紙のみは持ち帰ることが許され、そこに書き込んだ答えと後日の新聞紙上等で発表される正解とを照らし合わせるのが、いわゆる自己採点である。

某予備校の合否判定と自己採点を照合した結果、名古屋大学と名古屋市立大学は、

「判定E。志望校を変更せよ」

予想通り、A～Eの5段階表示の最低だった。

三重大学は、

「判定C。合格不合格ボーダーライン」

5段階の真ん中だ。我が家の唯一の稼ぎ人である父は中学教師という公務員であり、その収入で息子が私立大学医学部に行くことなど、できるはずもなかった。

もし医学部に行くならば、選択肢は必然的に国公立大に限られる。しかも地元志向の強い私は、愛知県か三重県の大学に進みたかった。従って、志望大学は先の3大学

に絞られる。

実はこの自己採点について、私は人生で初めての貴重な体験をすることになる。私は自己採点というものが不満だった。出来の悪い私には不安だった。

なぜ大学入試センターは、本人に実際の点数を通知してくれないのか。

マークシートに記入する際、あるいは解答を控えに書き留める際に、ケアレスミスで書き間違うことだってある。間違っていたら、実際の点数が自己採点よりも低いことになりかねない。そうすれば二次試験に合格する確率は、はるかに下がってしまう。場合によっては門前払いもありうる。

当時は国公立大を受けられる数は、ひとつに限られていた。であれば、一次試験の結果を、総合得点だけでもいいので本人に通知することはできないのか。コンピューターが採点するのだから、記述式の採点よりは容易なはずだ。そして、結果を受験者本人に通知することくらい手間をかけてくれたっていいのに、受験者ファーストで。二次試験では、この一次試験の結果を踏まえての合否判定となるのだから。

いても立ってもいられず、この思いを新聞読者欄に投稿した。投稿する時間があるなら、入試の準備にあてればいいものを。

ところが、なんと掲載してもらえたのだ。1982年1月か2月のことだったと記憶している。そしてその新聞は、本書冒頭に掲げた投稿文と同じ、朝日新聞だった。従って、『緩和ケア医が「がん」になった』は、人生二度目の新聞投稿掲載だったのである。

話を大学入試に戻す。

いくら私でも、端《はな》から二次試験不合格という玉砕《ぎょくさい》覚悟の戦《いくさ》はノーサンキューだ。何より、地元大好きな三重県人である。そこで志望を三重大学医学部と決め、二次試験を受けた。

試験後の手応えは散々だった。確実に落ちたと思った。

そこからの行動は、18年間生きてきた中でも、かつてないほど迅速だった。翌日には名古屋市にある某予備校を訪ね、次年度の募集要項をもらってきた。その後、書店に向かった。

実は二次試験を終えた夜、今後のことを自分なりに考えた。

「理科と数学が苦手、というか嫌いなオレには理系は無理だ。就きたい職業はまあおいといて、浪人したら、とにかく文系にしよう」

そこで国語と社会の参考書などを、書店で購入した。５教科全般の成績が悪い中で、唯一好きだった英語の参考書はすでに持っていたので、それ以外を。とは言え、英語の成績がよかったわけではないのだが。

さらに数日後には、希望するクラスを決め、両親を説得して入学金と授業料を携《たずさ》え、予備校を再度訪れた。まだ合格発表前だった。

「ところで、合否はどうでしたか？」

入校担当者が訊いてきた。

「いえ、発表はまだなんです」

「では、結果がわかったら、また来てください。そんなに慌てなくても、ご希望のクラスには入れますから。それに、費用もその時でいいですよ」

担当者は温かく接してくれた。儲《もう》け根性で入校受付もできたであろうに。

やがて、合格発表の日を迎えた。午前10時頃に掲示板に合格番号が貼り出されるはずだったが、さすがに朝から見に行く気にはなれなかった。合格した者たちが喜び叫ぶ姿を、目の当たりにしたくなかったからである。

重い腰を上げ、夕方4時過ぎに見に行った。あたりはもう人気《ひとけ》がなかった。そこで予想すらしなかった光景を目にした。大きな掲示板に、ある番号が載っていたのである。私の受験番号だ！

信じられない気持ちのまま、すぐ傍の事務所に駆け込んだ。

「すみません、この番号が載ってるんですけど、本当でしょうか？　名前も確認してもらえませんか？」

事務所の職員は驚いた表情だった。番号が載っているのに、その真偽を確認しに来る者はそういないからだろう。

「大橋洋平さんです。合格おめでとうございます」

本当なんや、受かっとった――。

「ありがとうございます。お手数おかけしてすみませんでした」

事務所を後にして、再度、掲示板を見直した。確かに私の受験番号が載っていた。

帰途も、嬉しいと言うより、狐《きつね》につままれたような思いでいっぱいだった。

「何でオレ、合格できたんだろう？」

この違和感が、大学入学後も続いていたのである。今もって、なぜ医学部に合格できたのか不思議だ。

内科研修医時代の過酷な洗礼

在籍当時、三重大学医学部では、6年生の夏から秋にかけて翌年度からの就職先を決めるのが慣例となっていたが、またしてもなかなか決められなかった。高校3年生の時と同じである。

それでも食べることが人一倍好きだった私は、この時、何となく考えていた。

「人間、食べることが一番大切だ。食べられなくなったらもう終わりだし、食べられない苦しみを持つ患者さんに関われたらいいかなぁ」

6年間で、ほんの少しは成長したか。

ただし、手術を主体とする外科医は無理だと思っていた。

その理由はふたつある。

まずひとつ目の理由は、自らの技量だ。

やはり、手術は手先の器用な者が向いているに決まっている。外科医を目指していたものの、足に大けがを負って断念し、教師になったおやじも、手先はとても器用だった。

もう時効だと思うので告白すると、小学校時代の私は、夏休みの工作の宿題をよくおやじに手伝ってもらっていた。工作の授業で作るものと、夏休みの宿題で作るものとの出来栄えのギャップに、担任はすでに気づいていたことだろう。もちろん、後者のほうが抜群によかった。残念ながら、手先の器用さはおやじからは全く受け継げなかった。

まして、手術は工作とは次元が違う。それも、相手は苦しむ患者の皆さんだ。命に関わる、重大な責任ある職務だ。

ふたつ目の理由は、労働の過酷さだ。

三重大学では5年生の秋から約1年かけて、ほぼすべての科を実習していた。当然ながら、外科実習もある。

外科病棟での実習中、大きな手術があった。

朝9時に始まり、終わった時には夜7時を過ぎていた。見学しているだけでも10時間。さすがに疲れる。外科医の疲労はそれ以上のはずだ。

だが、８時頃病棟に戻った私たち学生に連絡が入った。〝私たち〟というのは、実習は５人ほどの医学生グループで行うからである。

「今から緊急手術が入るぞ！」

病棟に駆け込んできた外科医が叫んだ。

「えーっ、今からぁ。昼もまだ食べてへんのに……」

とはさすがに口には出せなかったが、自分には外科医は絶対に無理だと悟った。

当時の三重大学は、たとえば消化器内科、循環器内科、呼吸器内科といったように、臓器別ではなく、内科であれば第一内科、第二内科、第三内科というふうに分かれていた。さらに、それぞれの科は、各教授の専門を標榜《ひょうぼう》していた。第一内科は循環器内科、第二内科は血液内科、第三内科は肝臓内科という具合に。

しかし各科には、教授の下に助教授（今で言う准教授）もいて、助教授たちの専門は、教授と同じこともあれば異なることもあった。第二内科の助教授は教授と同じ血液内科だったが、第一内科の助教授は肝臓内科、第三内科の助教授は糖尿病内科といった感じで、教授の専門とは異なっていた。従って肝臓内科は、第一内科と第三内科のふたつにまたがることになる。さらにその下に講師もいる。もう乱立状態である。

どこを選ぼうか。

どの科でも就職してくれる学生は、入局する（進路先の科に就職すること）までは金の卵である。あの手この手で入局を勧誘してくる。就職説明会と称して夕食に誘われることも、しばしばあった。当然、先輩医師たちの奢《おご》りだ。学生の身分ではありがたい。食費も浮く。

就職前の学生たちは、偉くなったようないい気分にさせられる。入った後はこき使われるとも知らずに。高校時代同様、出来の悪かった私も同様だった。

当初は消化器系の内科を志望していた私だったが、結局、選んだのは循環器系の第一内科だった。

当時、学内では「第一内科は成績優秀な学生が進む」とささやかれていたところである。もともと第一内科を目指していたわけでなく、また、決して成績優秀でもないのに、なぜ？　同級生や先輩からは全力で止められた。

「洋平、なんで第一内科に行くんや。おまえには無理やからやめとけ！」

とにかく時間に追われていた医学部実習生時代。ランチの定食をわずか10分足らずで平らげていた（1987年頃、三重県津市《つし》の三重大学・学生食堂にて）

きっとみんな、将来を案じてくれたのだろう。しかし彼らの気遣いを振り切って、私は第一内科に進んだ。他人の話を聞かないわがままぶりは全開だった。

しかし、私には第一内科を選んだ確固たる理由があった。15年ほど先輩である憧れの医師——同科の肝臓グループに所属していた髙瀬幸次郎《たかせこうじろう》先生がいたからである。幸次郎先生には学生時代からいろいろと相談に乗ってもらっていた。幸次郎先生は私の決意を喜んでくれた。

ちなみに、先生と引き合わせてくれたのは、私のかかりつけ医であった四日市市《よっかいちし》の開業医、川村耕造《かわむらこうぞう》先生である。幸次郎先生の上司にあたる爲田靱彦《ためだゆきひこ》先生にも大変お世話になった。川村先生、爲田先生はすでに他界されている。もし、私がこの世を去ることになったら、あちらでお二方《ふたかた》には改めてお礼を述べようと思う。

当時は4月に医師国家試験があり、発表は5月中旬にあった。無事にパスした私は、1988年6月から社会人生活をスタートさせた。

ここに「三重大学医学部附属病院内科研修医・大橋洋平」が誕生したのだが、誕生と言っても、その仕事ぶりはハッピーなものでは全くなかった。最初に担当した患者さんから、医師という仕事が何たるものか、厳しい洗礼を受けたのである。

Yさん。男性。年の頃は、今となっては記憶が定かではないが、60～70代だったと思う。生まれて初めて受け持った患者さんだ。

もちろん研修1年目なので、私の出来不出来にかかわらず、上級医師とのペア主治医である。1年か2年先輩の医師が、私のような新米を指導しながら、患者の診療にあたるしくみである。

Yさんの病名は、慢性収縮性心膜炎《しんまくえん》。心臓の周りを取り囲んでいる膜が次第に厚く、硬くなり、心臓自体が膨らんだり縮んだりしにくくなる病だ。つまり心臓が動きにくくなるもので、高じれば命に関わってくる。当時は内科的治療にも限界があり、究極は外科手術を必要とする難治性の病気とされていた。

Yさんはこの病気で、それまでにも何度か大学病院に入院していたのだが、薬剤による治療はもう限界に近づいていた。今回は間もなく手術治療に踏み切る、いわばその準備入院だった。準備と言っても、決してYさんの容体《ようだい》が良好なわけではなく、行動は制限され、上半身を起こした状態でのベッド生活だった。

その日の午前中に、Yさんは第一内科病棟に入院した。そう、第一内科は教授の専門分野が循環器であり、病棟には常に循環器系疾患の患者が数多く入院していた。そして当日は、私にとって生涯忘れることのない、社会人1日目すなわち医師生活初日だった。

上級医師に連れられてYさんの病室を訪れ、自己紹介した。Yさんには一目瞭然だったに違いない。どこかおどおどしたぎこちない、よく言えばフレッシュな、実際は見習いのような医者が、年上の医師と共に挨拶《あいさつ》に来たのである。しかもYさんは大学病院に何度か入院している、つまり大学病院慣れしている、つわものの患者である。Yさんの呼吸は少々速かったが、その時は比較的穏やかな様子で、私の挨拶を聞いてくれた。

しかし、その夜のことだ。午後8時を過ぎた頃だろうか。スタッフステーションに夜勤の看護師が駆け込んできた。

「Yさんが苦しんでます。主治医の大橋先生、お願いします」

「大橋先生」という呼びかけが一瞬、他人事《ひとごと》のように聞こえたが、ハッと我に返った。

「そうか、オレは今日から医師なんだ。だから大橋さんではなく、大橋先生って呼ばれるんだ」

いきなりの緊急事態である。周りを見ると、悲しいかなペアの上級医師はそこにはいなかった。ひとりで行くしかない。覚悟を決めた。

「行ってきます」

看護師に応じた声は、不安でやや震えていたと思う。

病室に入ると、挨拶を交わした時とは打って変わって、Yさんは唸《うな》っていた。

「Yさん、どうしましたか」

「うーっ、おなかが痛い」

Yさんは、みぞおちを押さえていた。

私はその時、あらん限りの知識と技術を総動員させて、とりあえずYさんを診察した。なにせ初日である。あってはならないことだが、私はここでもおどおどしていたのだろう。Yさんにはすぐにわかったはずだ。

こうしてジストを患った今、骨身に染みて理解できたことがある。苦痛の中にいる患者は、時に、周りの人たちの「素」というか、ありのままの姿が見えてしまうのだ。

「がん告知」もそうだと私は考える。周囲はよかれと思って、伏せたり隠そうとしても、患者はそのあたりの感覚が鋭敏に研ぎ澄まされてきていて、見通せてしまうことがあるのである（もっとも激痛に苛《さいな》まれている時は無理かもしれないが）。

Yさんにも、すべてが見えていたに違いない。

もたもたしている私に向かって、Yさんは大声で叫んだ。

「もっとわかる医者を呼んで来い！」

私には上級医師を探して、Yさんの病室に連れてくることしかできなかった。

駆けつけた上級医師は「入院初日でストレスがかかったのかもしれない。胃のあたりの痛みだろう」と診断した。胃薬と痛み止めが処方されて、Yさんの腹痛は治まっていった。

もしかしたら、私がストレスを与えてしまったのでは、と思った。

間もなく、Yさんは手術を控え、胸部外科病棟へ移っていった。

ある日私は、前主治医としてと言うよりも、一知人の面会のような気持ちで、Yさんの病室を訪ねた。

Yさんは私のことを覚えてくれていた。

「先生、あんたにはいろいろ言ってすまなんだな。でもこれから頑張って、立派なお医者さんになってくれよ」

重病のYさんに励まされた私は、何も言葉を返せなかった。

その後Yさんは、術後の回復が思わしくなく、ほどなくして帰らぬ人となった。訃《ふ》報《ほう》に接して、思わず合掌した。

あちらへ行くことになったら、Yさんに再会したい。そして、立派な医者になれたかどうかを尋ねてみたい。ちょっぴり気恥ずかしいけれども。

最期まで慕ってくれたファン患者Uさん

内科医時代の私は、三重大学医学部第一内科というところに所属していて、県内の病院を不定期に異動していた。

不定期というのは、第一内科の人事による異動だったからである。私の場合、その勤務期間は長いところでも4年、短いところでは3か月に満たないこともあった。転勤2週間前という直前での異動発表もあった。

ご承知のように、三重県は意外と広い。横には太くないが、縦に長い。東は伊勢湾《いせわん》、熊野灘《くまのなだ》、西南北は6つの県と接している。

どこと接しているか、おわかりだろうか？　北は愛知県と岐阜県、南は和歌山県、西は滋賀県と奈良県。これで5つ。あともうひとつ。そう京都府。ほんのわずかだが、京都府とも接している。

地元志向の強い私がこの事実を知ったのは、なんと40歳を過ぎてからだった。

当時、私は大阪府にある淀川《よどがわ》キリスト教病院でホスピス緩和ケア医としてのスタートを切っていた。家族を地元に残しての単身赴任だった。そして可能な限り毎週末、車で三重と大阪を行き来していた。その際通っていた国道で、ある道路標識の看板を目にしたのである。

「京都府」

驚いた。そして何だか嬉しかった。この新発見に。

三重県内を北に南に西に、と人事異動による転勤で奔走していた私に、呼応するがごとくついてきてくれる患者さんがいた。

女性のUさん。彼女は私が津市の病院で担当したのを皮切りに、その後、四日市市、宮川村《みやがわむら》（現・大台町《おおだいちょう》）、松阪市《まつさかし》の病院と、異動と共に引き続き通い続けてくれた。

そして松阪市の病院で最期を迎えた。がんだった。Uさんは私のことを主治医と思い、慕い続けてくれたのだろう。今から思えば、生涯最上のファン患者だった。医者冥利《みょうり》に尽きる。本当にありがたいことだった。

ただ当時は、ここまで彼女に感謝できていなかった。同じくがん患者となり、主治医を信頼する自らの想いに気づいて初めて、Uさんの気持ちを理解することができた。

この先、あの世で再会できたならば、彼女に声をかけたい。

「Uさん、私を頼ってくださって、本当にありがとう。心より感謝申し上げます」

これほどまでに追っかけてくれた患者は、後にも先にもUさんの他には誰もいない。

ホスピス緩和ケア医としての第一歩

医師となって10年ほど経ち、様々な経験を積む中で、特に「最期」について考えることが増えていった。

内科、中でも消化器関連の患者を担当してきた私にとって、がん患者は身近な存在だった。当時、消化器系のがんは、完治を目指すならば、やはり外科手術が第一選択の治療だった。つまり患者は、外科にかかることになる。すると、私のような内科医が担当する消化器がん患者というのは、手術のできない、すなわち完治を目指せない患者であり、終末期のがん患者であった。

ところがそのような患者であっても、周りでは本人に正確ながん告知をしていない例が圧倒的多数だった。

あらかじめ患者の家族に相談すると、

「がんと告知されたら本人がショックを受けると思うので、絶対に言わないでください」

ほとんどの家族はそう私に訴えた。今思えば当然のことだ。告知されてショックを受けない人などいるはずがない。なぜならば、やはりがんは治療が困難な病であり、がん＝死と受け止める患者が多いからである。

しかしこの時の私は、そこまでの思慮には及ばなかった。及べなかった。ある時、真の病名告知を望んでいるがん患者を受け持った際に、先輩医師に相談した。

「患者の○○さんには、ご本人が本当の病名を知りたいそうなので、がんとお伝えしようと思っています。ただ、ご家族は告知に反対されています。先輩だったら、どのように伝えますか？」

「どのようにも何も、家族はがん告知に反対しとるんやろ。告知した後、その患者や家族を、おまえはフォローできるんか」

私は何も答えられなかった。がん告知等にかかるコミュニケーションについて、その知識も技術も当時は全くなかったのだから当然である。

またこの頃、勤務していた病院で、あるがん患者の治療と予後（生死も含めた患者の経過）についてまとめ、内々の研究会で発表する機会を得た。○○がんの患者で○○の治療を受けた人の何年生存率はどれだけで、受けなかった人はどうだったか。たとえば、1年生存率は60％という具合だ。

ここで、ふと思った。

確かに数字ではそうかもしれないが、半年しか生きられなかった人でも、その半年の生き方はそれぞれではなかったのか。有意義に生きた人もいれば、不安に苛まれて生きた人もいることだろう。前者のほうが生き方としては望ましいと多くの人は考えるはずだ。

では、有意義に生きることは、がんという真実を知らずして、果たして可能なのか?

言わずもがなである。真実を知ったうえで初めて、それからの新しい生き方を探せるのである。

話は少し飛躍するが、

「じゃあ、余命まで伝える必要があるのか」

と言う医療者も出てくるだろう。

私の答えは「ノー」である。

そもそも余命は真実なのか。そう、余命は真実ではない。予測、推測に過ぎない。あくまでも見通しだ。それに対して、患者の病名ががんであるか否かは真実だ。よって、病名と余命は次元の異なるものだと捉えている。もっともどうしても余命を知りたい、真実でなくても知りたいと願う患者にどう対処するのかは、また別の話だ。

自分ががんだと知らされずにこの世を去っていった人たちも、もし己のがんを知っていたならば、また違った最期の日々を送れたかもしれないと、私は強く考えるようになっていった。

その頃出会ったのが、ホスピスだった。

2003年当時は「緩和ケア」という言葉自体、まだそれほど広まっておらず、終末期の心と体を支える総合的な医療の筆頭がホスピスだったのだ。

がん告知→終末期がん患者→ホスピスと想いを馳《は》せた私は、大学を卒業して以来15年働いた三重県を後にして、同年4月、大阪府にある淀川キリスト教病院の門をたたき、単身赴任で1年間のホスピス研修を受ける決心をした。

そこでは多くのことを学ばせてもらった。苦痛を和らげる症状緩和の手法、がん患者とその家族に応対する術《すべ》、コミュニケーション技術などである。しかし、研修は1年の期間限定であったため、翌年からの勤務先を探す必要があった。当時、地元三重県にはホスピスが1カ所あり、研修中に就職活動を試みたが、定員が足りていると断られた。

だが、捨てる神あれば拾う神あり、である。

ちょうど同じ年の9月、父が悪性リンパ腫を患い、愛知県の海南病院で抗がん剤治療を受け始めていた。偶然にもまさに同時期、海南病院は増改築され、なんと緩和ケア病棟が新設されたのである。海南病院の立地する海部郡弥富町《あまぐんやとみちょう》（現・弥富市）は、県は違えども、地元・木曽岬町の隣町だ。しかも、診療を受けているおやじのコネも使える。善は急げとばかりに、当時の山本直人《やまもとなおひと》院長を訪ねた。

山本先生は、緩和ケア医であれば誰でもOKというような鷹揚《おうよう》な雰囲気で、こう言った。

「採用でいいですよ。来年4月からどうぞ」

再就職大成功！　嬉しかった。

第二の就活に大いに力を貸してくれた（？）父は、その後も海南病院の世話になった。

途中、病状が落ち着き、抗がん剤が不要な休薬期間もあったが、計10年にわたる抗がん剤治療の末、2013年11月に亡くなった。当時、私が常勤医師として勤務していた海南病院・緩和ケア病棟で。父の死亡診断書を書いたのも、息子である私だった。おやじの死亡診断書を仕上げる医師も、そんなに多くはいないだろう。

足かけ15年間、海南病院で働かせてもらい、山本先生には何かと支援していただいた。もし先生の決断がなければ、今の私は存在していなかっただろう。

相手の苦しみに焦点を当てる「傾聴《けいちょう》」

ホスピス緩和ケアの領域に身を投じて5年が経った頃だった。

症状を緩和する知識と技術は少しずつ身についた実感はあったものの、がん患者とその家族に対するコミュニケーションの点では、何か不全感が生じていた。

というのも、当時学会や研修会で学ぶコミュニケーションというものは、がんと伝えることや、治療がもう難しい場合どのように伝えるのかといった、「伝えるコミュニケーション」が主体だったからである。

そこで私はある医師の紹介で、2008年からNPO法人「対人援助・スピリチュアルケア研究会」の村田久行《むらたひさゆき》先生に師事し、対人援助とスピリチュアルケアを本格的に学んだ。ある医師とは松原貴子《まつばらたかこ》先生であり、大学時代は1年上の優秀な先輩だった。松原先生は三重県のホスピス緩和ケアにおいて、なくてはならない存在になっていた。

その対人援助・スピリチュアルケア研修の中で、コミュニケーションにはふたつのものがあると学んだ。

ひとつは情報をやりとりするためのコミュニケーションであり、相手から情報を得ることや（たとえば医療界でいう問診）、相手に情報（検査・診断の結果および治療の方針など）を伝えることである。まさに従来のコミュニケーション教育で扱われるものである。

もうひとつは、相手の苦しみに焦点を当ててやりとりするコミュニケーションで、いわゆる傾聴と呼ばれるものである。傾聴とは、文字通り相手の話を聴くことであり、ホスピス緩和ケアの領域でもしばしば出てくる。

ただしこの研修では、そこに留まらない。相手の話を聴くことは、すなわち相手に語ってもらうことである。人は語ることで、気持ちが落ち着き、考えが整い、生きる意欲が湧く。苦しむがん患者においては特に、である。

相手に傾聴されると、苦しむ人は満足し、安心し、さらにその相手を信頼するようになるのである。このことにようやく気がついた時には、ホスピス緩和ケア医となって5年、医師となって20年が経っていた。

その後5年間、村田久行先生の下《もと》で研鑽《けんさん》を積み、2013年には対人援助・スピリチュアルケア研究会の研修講師の資格をいただいた。奇《く》しくも父が、がんで亡くなったのと同じ年である。

それから２０１８年までの５年間、研修講師を務めてきた。だが、ジスト発病で、２０１９年度からはもう資格更新は無理だろうと覚悟した。研修講師の資格は1年ごとであり、年度末に1年間の活動を基にして更新の可否が判定されるからである。もはや、とても研修講師としての活動はできそうにない。残念だが、講師の資格を返上せざるを得ないだろう。今の私はこの事実を受け入れるしかなかった。

子供たちと「いのちの学習」

２０１０年からは地元の小学校で、６年生を対象に「いのちの学習」と呼ばれる特別授業を1年に1回させてもらってきた。誰かからオファーがあったのではなく、自分から売り込みに行ったのを覚えている。

当時、ホスピス緩和ケア医であった私は、がん終末期の患者とその家族に関わる中で、多くの方々の最期、そして死を目の当たりにしてきていた。一方で地元の小学校で行われている「いのちの学習」では、生きる大切さや素晴らしさを取り上げることは多くあっても、死に触れるものはあまり見られないのが現状だとも聞いていた。

そこで私は訴えた。

「生と死は、人間にとって必要不可欠なものである。にもかかわらず、死は嬉しいものではなく、避けたいものであり、結果、忌《い》むべきものと考えられて、小学校では触れられることはあまりないと聞いている。そこで、あえて死に触れる学びの場をいただきたい。

死について考えることは、今を、これからを生きることに必ずつながると思う。私はホスピス緩和ケア医として、終末期がん患者と接する中で、生きること、死ぬことについて常々考えさせられる。人間には必ず死はやってくる。すなわち時間における人間の有限性を念頭に置き、自身も日々を生きている。

いのちの時間が厳しくなり、別れが間近に迫っている患者とその家族であっても、確かに今を生きている。紛れもなく生きている人たちだ。そのことを実感させられるのも緩和ケアである。従ってこれから将来、社会人となり、親にもなり、さらには孫を持つであろう小学生の皆さんが、死にも意識を向けて生きることを学ぶ、この学びを願ってやまない。地元であるこの小学校の皆さんに、死から生を考えることを、是が非でもお示ししたい」と。

主題――死ぬこと、生きること
ねらい――いのち、そしていのちの終わり、死に目を向け、生きることへの感謝を学ぶ
内容――終末期がん患者の生活に触れ、生きること、ひとの死について考える

その結果、理解ある校長先生および養護の先生など、多くの関係者の方々のおかげで8回続けてこられた。学習の中では、メメント・モリ（死を記憶する、死の存在を知る）という警句についても触れた。

「いのちの学習」を終えた、ある小学6年生の感想をここに挙げる。

緩和ケアはこの世において必要だなと思いました。死をきおくすると言うことはわかりました。緩和ケア、メメント・モリと言うことばを初めてしりました。人間生ま

れてきたらぜったいに死ぬんだなと思いました。

でも、そんな中には、小さいときに亡くなる人もいるし、交通事故で亡くなる人もいるし、自然災害で亡くなる人もいます。ぼくは生まれてきていやだなと思いました。人間生まれていたなら、死ぬんなら、生まれてこない方がいいと思いました。生きていたらいいことがある。だからいまは、生きたいです。いま、勉強して、命は大切だし、死は受けいれなきゃいけないと思いました。(原文ママ)

ちなみに、この小学校は私の母校でもある。1976年の卒業だ。

ここで味をしめた私は、地元の中学校でも同様に、「いのちの学習」を企画申請したのだが、

「小学校でもやってもらっていると聞いているし、中学校では、同じようなものはもう要らないのでは。生徒も部活やテストで忙しいし」

当時の中学校の校長先生にあえなく断られてしまった。力及ばず、無念。

非常勤医師になった理由

第一章で少し触れたが、実は２０１６年、私は海南病院・緩和ケア病棟常勤医師の職を辞し、ジスト発病時は非常勤となっていた。

常勤を辞めたのは、確固たる決意があったわけではない。たとえば開業に備えるだとか、新たに何かを始めるだとか、具体的なことを決めての退職ではなかった。主な理由は、勤務がきつくなってきたからだ。

緩和ケア病棟と言えば、病院の中ではそれほど忙しくなさそうだと思う人も多いかもしれない。だが、実際は意外と大変なこともある。夜間および休日の当番体制は、その最たるものだろう。

海南病院は総合病院なので、夜間や休日には当直の医師が複数名待機している。入院患者に異変が生じ、診療が必要とあれば、当直医師が対応する体制にはある。最期の時を迎えた患者さんに対しても。

たとえば、いわゆる死亡確認だ。ただ、緩和ケア病棟に入院する終末期がん患者さんの場合、関わってきた緩和ケアの医者に最期の脈をとってもらいたいと願う人も当然いる。家族もそうだ。従って最期のお別れの際も、できる限り緩和ケアの医師が対応する体制、すなわち当番制を敷いている。15年に及ぶ海南病院勤務の中で、私もそうしてきた。緩和ケア医3人体制のことも、2人体制のことも、さらには短期間だが1人体制の時もあった。

そうすると必然的に、当番日数はそれぞれ、1年の3分の1、半分そして毎日となる。これが50歳を超えた私には持ち堪えられなくなってきた。

非常勤になることを決意した頃は、すでに3人体制になっていた。海南病院・緩和ケア病棟に就職してくれた医師が、なんと2名もいたのだ。彼らは私を慕ってここに来てくれた。田嶋学《たじままなぶ》さん、青木佐知子《あおきさちこ》さんには感謝しかない。後のことは彼らに任せれば安心だ。

とにかく、まずは常勤職を辞めよう。今後の進路は、退職した後でぼちぼち決めていけばいいと、ただ漠然と思っていた。

しかし、この非常勤となっていたことが思わぬ、ある意味喜ばしい結果を招くことになるとは、当時は知る由《よし》もなかった。

大学入学、医師就職、ホスピス緩和ケア医、傾聴、そして「いのちの学習」——数え切れない思い出が、走馬灯のように浮かんでは消えていく。

そう言えば、こんな〝事件〟もあった。50年以上前のことである。

当時、私の通っていた保育園では、昼食後のひととき、昼寝をするのが日課だった。通常多くの園児は従順にそうしていたことだろう。素直なことはいいことだ、周りに喜ばれる。ところがだ。ひとり変わり者の園児がいた。

その園児は、

「どうして昼寝をせなあかんの？　眠《ねむ》ないやん」

と、保育士に食ってかかり、全く昼寝をしなかったそうだ。それでも横たわってじっとしていればまだよかったのに、この子がそうできるはずなどない。すぐに起き上がり、パタパタと動き回っていた。

これに限らず、なかなか保育士の言うことを聞かない。彼は素直でなかった。

不従順な人間はどうなるか。組織や集団からは排除される。大人も子供も同じだ。

間もなく彼は、その保育園から強制退園させられた。

その園児とは、もちろん私だ。3、4歳の頃だったそうだ。昔、おふくろからしばしば聞かされた話だが、おぼろげながら覚えている。

これまでかなり変わり者の人生だったな。

私は苦笑いを浮かべつつ、リビングの座椅子にもたれて瞼《まぶた》を閉じた。やはり、我が家はいい。

第三章　闘　病

みぞおち、喉《のど》へと逆流する消化液～横になって眠れない！

病理検査の結果を来週に控え、私は勢い込んでいた。

それほど遠くない将来、おそらく抗がん剤治療が始まる。

一気に元の体力に回復させるのは難しいだろうが、今の状態がきっと底辺だし、ここから少しずつ上げていけるはずだと見込んでいたのである。そのためには、少しでも食べなければ――、と。

この頃、体重減少は20キロほどで、まだ85キロ前後はあった。

後にさらに20キロも激減する事態が待っていようとは、予想だにしなかった。

退院翌日の夕食で、妻が雑炊《ぞうすい》を作ってくれた。
もともと私は雑炊が苦手だった。主食はご飯、それも少々硬めの白米が好物だった。だから雑炊はもちろん、お粥《かゆ》もほとんど食べたことはなかった。妻も作ることはなかった。

しかし、胃はもうほとんどないのである。胃の出口あたりが少し残っているだけだ。妻は私を気遣い、あえて雑炊を用意してくれた。入院中、食事が許されてから毎日出されていたお粥と比べて味があり、美味しかった。おかずも、かじきの煮つけなど多彩だった。

30分かけて、雑炊を8割がた食べた。8割と言っても茶わんは子供用だ。ただ、この時は勢い込んでいたこともあってか、ちょっと無理をしたのかもしれない。ここでやめておけばいいものを、徐々におなかが張ってきて苦しい中、さらに無理してかじきを食べてしまった。

その後もっとおなかが張ってきて、ついに吐き気まで現れた。しまった、後の祭り。食後30分は座っているように指示されていたので、この時もそうした。吐きそうだったので、さらに1時間あまり座り、そして横になった。

そこからが問題だった。

30分ほど経つと胸やけが始まり、喉の奥まで上がってきた。大変なことになった。お茶を一口飲んだが、まさに焼け石に水、いや、やけ喉にお茶か。それから2時間ほど苦しみながら座り続けた。己のふがいなさにいらいらする。判断を誤った自分に腹が立って仕方なかった。

仮にも医師である。胃のなくなった身に食べ過ぎは厳禁だと理解していたつもりだったのに、それが実行できないとは。本当に情けない。

日付が変わって、ようやく胸やけが治まった。午前2時頃だったろうか。試しにしばらく横になってみたが、胸やけは現れず、ようやく眠りにつけた。

目が覚めたのは、朝7時過ぎだった。

「食べ過ぎは金輪際《こんりんざい》、絶対にしない」

と、固く心に誓った。


ところがその後、さらに極めて重大な事実が発覚した。

なんと、食べ過ぎなくても、下から上へと得体《えたい》の知れない液体が逆流するのだ。

みぞおちから食道、そして喉の奥へ〝何か〟が迫り上がってくる。その正体は消化液だろうか。筆舌に尽くし難いほど気持ち悪い。むせて咳《せ》き込むこともある。高齢者ならば死に至りかねない誤嚥《ごえん》だ。

食後は最低2時間、飲み物摂取後も1時間は、座っていることが必要なようだ。しかし、この座位がまた苦しい。前のように横になりたい。フラットでは眠れないのだ。試しに横になってみると、しばらくして必ず胸やけ、喉やけが生じてくる。背中にクッションのように丸めた布団を当て、体を45度ほど起こしたまま眠り始めても、無意識に体がずれてフラットにでもなったら、もう大変なことになる。〝何か〟が逆流して、突然に夜半目が覚める。その後、洗面台の前の椅子に座り続けて、夜を明かすことになる。誤嚥をしていようものなら最悪だ。目も当てられないほどひどい有様になる。

「横になって、ぐっすり眠りたい……」

私は目の下に青黒い隈《くま》をつくりながら、永遠とも思える苦行《くぎょう》に耐えるしかなかった。

病理検査で判明した「腫瘍細胞分裂像数181」

退院後、１週間ほどして外科主治医の高瀬恒信先生による病理検査の結果説明を受けた。

「消化管間質腫瘍、ジストで間違いありません」

やはり、私の胃悪性腫瘍はジストだった。10万人に１人の稀少がんだ。０・００１％の確率だ。

宝くじも当たらない。大好きな競馬もそうは当たらない。こんな人生だったのに、55年で初の大当たりだ。でも全く嬉しくない。

追い打ちをかけたのが、極めて高い腫瘍の悪性度を示す、とてつもない数値だった。

〈腫瘍細胞分裂像数　１８１〉

目を疑った。

通常、がんなどでは、その程度をステージで分類する。ステージⅠ、Ⅱ、Ⅲ、Ⅳという具合に。一方ジストではそうではなく、超低リスク群、低リスク群、中リスク群、高リスク群と分類される。高リスク群では再発率は40％を超える。リスク高低の分かれ目の拠《よ》り所《どころ》となるもののひとつが、顕微鏡《けんびきょう》で調べた際の腫瘍細胞分裂像数だ。

腫瘍細胞分裂像数とは、腫瘍細胞が分裂する数、すなわち腫瘍ジストの勢いを示すものである。分裂は崩壊でなく、成長に他ならない。高《こう》か否か、ボーダーラインとなる数は「5」。すなわち5個を超えた場合は高リスクだ。

私のジストは、その腫瘍細胞分裂像数が、なんと「181個」だった。

高瀬先生の説明を呆然と聞きながら、さすがにへこんだ。特に、腫瘍細胞分裂像数181という数字には。

高リスク群どころの話ではない。再発率や転移率が突出して高いということだ。腫瘍の大きくなるスピードも速い。

あとどのくらい生きられるか。

3年以内か、それとも1年以内か。

いや、年内か。

生きられる時間に限りがあるという現実を突き付けられて、全くやる気が出ない。足元から崩れる思いだったが、何とか気を取り直して、翌日に腫瘍内科を受診する予約をとった。

いよいよ抗がん剤が始まるのか。

ほんの少ししか食べられず、消化液がこみ上げて満足に眠れないほど苦しんでいる今、果たして副作用に耐えられるだろうか。そんなことを考えると、さらにやる気が失せた。

生存率何%よりも、生か死かの2分の1

検査結果を聞いた翌日、妻に付き添ってもらい、腫瘍内科を受診した。これからは腫瘍内科医である宇都宮節夫《うつのみやせつお》先生も主治医に加わってくれる。

今後の治療として、来週火曜日から抗がん剤グリベックの治療を開始するという。3年間、毎日飲み続ける治療である。もちろん生きていればの話だ。比較的副作用は少ないとされるが、それでも吐き気や白血球減少などいくつかの可能性があり、それらが強まれば休薬を余儀なくされる。

さらに、宇都宮先生はこう切り出した。

「抗がん剤治療が続けられれば、5年生存率は92％です」

生存率9割と聞けば、1割と言われるよりはショックは小さいし、期待も持てる。妻も少し安堵したように見えた。

しかし、私は思った。

「8％は死ぬ」

さらに、

「しかもこのデータは、オレのように悪性度が非常に高いものも、そうでないものも含んでおり、現実にはオレの生存率はこれよりも低いはずだ。オレは生と死のどちらにも入りうる。特にオレのジストは、腫瘍細胞分裂像数が181個もある超悪性だ」

と。

生存率はデータに基づいた疾患の生存率である。

患者にとって気がかりなのは「私」の生存率だ。死ぬか生きるかだ。しかし、それは誰にもわからない。

治療は生易《なまやさ》しいものではなく、決して楽でもない。

術後3週間あまり、退院して10日ほど経っているが、よくなったことと言えば手術の傷痕がだんだん痛くなくなってきたことくらいで、他は何にもよくならない。全く何にも。

果たして抗がん剤を毎日、休むことなく飲み続けられるだろうか。気が重い。

不安は多々あれど、とりあえず今後の治療が定まった。

そして、抗がん剤開始前にＣＴ検査を受けることとなった。転移や再発があろうがなかろうが、治療の予定に変わりはない。生きるために、今の状況を受け入れるまでである。

診察の帰りに、妻とうどん・そば屋に立ち寄った。発病前、ふたりでしばしば入った店だ。

妻はざるそば、私はあんかけうどんにした。一生懸命食べたけれど、ほとんど残してしまった。妻のざるそばが本当に美味しそうに見えた。胃の手術後は、食物繊維の多いそばは御法度《ごはっと》なのだ。

いつか再び、ざるそばを食べたいものだと思った。

抗がん剤グリベック治療開始

週が明け、火曜日の診察で、予定通り抗がん剤グリベックが処方された。CT検査の結果では、幸いにも転移や再発は見られなかった。

前述の通り、他の抗がん剤と比べて副作用は比較的少ない。とは言え、やはりゼロではなく、吐き気・嘔吐《おうと》・下痢・食欲不振など多岐にわたる。白血球も減少する。栄養剤のエレンタールでさえ下痢する私だ。まして今は、すでに飲む前から下痢している。食欲もない。

しかも、今回は栄養剤ではない。薬の中でも最強の、手強い抗がん剤だ。

だが、怯《ひる》んでいては始まらない。

今日は下痢をしているので、明日をグリベックのスタートとした。1回4錠を、1日1回。食後が望ましいということなので、朝食、昼食、夕食後のどれにするかは明日考えることに決めた。

となると、今日は抗がん剤フリーの最後の日だ。グリベックを飲み始めたら3年間、毎日飲み続ける予定だから。もちろん3年以上生きられる保証はどこにもない。結果的に死ぬまでの薬になるかもしれない。

明日の夕食までは好きなものが食べられる。何を食べようか――。

もっとも、その時の私は、ほとんど何も食べられなかったのだが。

7月11日（水曜）、夕食後。

薬包を破って、オレンジ色の錠剤グリベックを4つ手に取り、エイッと水で流し込む。

いよいよ抗がん剤のスタートである。

副作用と、さらなる拷問の日々

抗がん剤治療では、一番効き目があると考えられるものから試すのが鉄則である。中でも効果が期待でき、しかも副作用が少ないとされるグリベックだったが、もともと下痢気味だった私にとって、1日1回4錠はやはり厳しかった。

状態は目に見えて悪化した。

期待のグリベックは、わずか20日後に、1日1回3錠、昼食後に変更を余儀なくされた。

夕食後に飲むと、副作用による消化液の逆流で眠れなくなるために。

少し何かを飲み込んだだけで、すぐにおなかが張る。下痢も発生する。体重も、もっと減ってきた。

さらに、しゃっくりが頻繁《ひんぱん》に起きるようになっていた。消化液の逆流と何か関係しているのか。少なくとも6月にジストを発病してからのことだ。おそらくジストに伴う胃の切除や抗がん剤の副作用が影響しているのだろう。

主治医の宇都宮先生に相談すると、しゃっくり、消化液逆流、吐き気などに対処する内服薬を処方してくれた。それでも、しゃっくりはすぐには治まらず、多い時には1時間に二度、三度発生した。ひどい時には5分ほど治まった後、また5分後に生じることを繰り返すこともあった。

しゃっくりにつられるように、消化液の逆流も悪化の一途をたどった。

胸やけにとどまらず、喉やけを引き起こすのも変わらない。定期薬や頓服《とんぷく》を飲んでも和らがない。苦しい。

「がんと診断がついた時から緩和ケア」

「がんの治療中にも緩和ケア」

じゃなかったのか？

がん治療を行う患者にも、緩和ケアは有効じゃなかったのか⁉

日本緩和医療学会のスローガンを逆恨《さかうら》みした。

世の中は不公平で不平等だ。

生まれた時から人は、誰の元で、どのような家庭で誕生するかなど平等ではない。持って生まれた、いわゆる才能だって、人それぞれ個性と言えばそうなのだが、所詮《しょせん》あるかないか、多いか少ないか、不平等だ。それはわかっていたし、それが人間だともわかっていたのだが、改めて現実に突き付けられるとやっぱり苦しい。

消化液逆流による苦しみは相変わらず一晩中続いていたが、それよりもきつい拷問は、「食べること」だった。

朝食、昼食、夕食の3食。そしてそれぞれの2時間ほど後に間食が計3回。胃をほとんど切除しているので、少しずつ、小まめに食べないといけない。さらに昼食後に飲むグリベック。

1日に合計7回、何かしら私は口に入れていた。食事や間食と言っても、それぞれひとかじりが限界だった。

それでもこの7回が、まさに拷問だった。毎日7回の拷問にかけられていた。あろうことか、妻が閻魔大王《えんまだいおう》に見えた。

「そんな持ってくんなっ！」

思わず、食事を運んでくる妻を怒鳴ってしまっていた。

でも、食べなければ体重は減り、体力も弱ってしまう。一方、食べれば消化液逆流が到来して、やはり弱ってしまう。

「食べるか食べぬか。一体オレはどうすればええんや！」

食欲なんか、あるわけない。胃を手術しているから仕方のないこととは言え、これもやっぱり苦しい。

食欲旺盛で人一倍食べてきたオレだ。空腹感がないのはもちろんのこと、それ以上に飲み物が美味しくない。水は味気ないし、ジュースは甘さが口の中に残って不快だ。あれほど好きで頻繁に飲んでいたお茶でさえうまくない。飲めるものがない。

私は、焦っていた。

食べなきゃダメだ、と焦れば焦るほど

これまでホスピス緩和ケア医として多くの終末期がん患者に関わり、最期にも立ち会ってきた。その数は2000名以上に及ぶと記憶する。

その中で、経験的に感じていたことがある。

それは、

「食べられなくなってくると、余命は1か月ほど」

ということだ。

このことを示すデータが、ないわけではない。

そんなもん、くそっ食らえだ。患者それぞれ、すなわち人それぞれだからである。薬剤の調節などによってまた食べられるようになる人もいるし、想いを聴いてもらって

安心して、また食べられるようになる人もいる。先述した傾聴のパワーによるものだ。ただ、食べられなくなり、その後1か月以内に息を引き取った人も、実際にいた。元気な時には気にならないことも、今は心に重くのしかかってくる。

だから、私は焦っていたのである。

「食べなきゃダメだ。命がなくなってしまう。いや、たとえそこまでならなくても、食べなきゃ体力もなくなり、抗がん剤も効かない。そして、何よりも体力がなくなれば、あの強い抗がん剤に耐えられない」

そう考えれば考えるほど、食べられなかった。ほとんど食べられなかった。一口なんて、とんでもない。ひとかじりが精一杯だった。私の体調を気遣う妻とは言い争いが絶えなかった。

地獄の半年間が過ぎていった。

妻の苦しみ～泣いて、泣いて、泣いて……

消化液の逆流に苦しみ、食べられずに苦しんでいる私の傍で、妻あかねも大変苦しんでいた。妻の手記だ。

《どうしてこんなつらい日々ばかりになったんだろうか。私の愛する洋平さんが苦しむのは耐えられません。どうか助けてください。苦しみを取ってください。穏やかに居させてください。好きなことをする時間を、洋平さんに与えてください。

朝と夕は食べたが、やはり『食事は拷問だ』とのこと。それでも生きるために食べようとしてくれる。薬も飲んでくれた。ありがたい。生きていてくれてありがとう。

今日はおなかも痛いと言う。どうすればいいやら。おろおろし泣いてしまう。しっかりしろ私。この日は逆流が強く、翌朝4時頃しゃっくりも2回。苦しいだろうに、傍にいると泣けてくる。

心が弱くなっている私。しっかり支えなきゃと思うが、自分が弱いためどうしたらいいのか。悲しい、つらい、怖い。朝、目が覚めると嫌になる。現実から逃げたいというか夢ならいいのに、と思ってしまう。

洋平さんが、私の亡き父の夢を見たとのこと。5歳くらいの女の子と父が一緒で、何を喋《しゃべ》ったかは覚えていない。その女の子は私だったのかな》

別の日には、

《昨夜またまた大泣きしてしまった。洋平さんに『生きていけない。耐えられん。私にはこの先、生きる意味がない』などと、心の弱さや不安を爆発させてしまった。私の頭を撫《な》でてくれた。『他のことはみんなあきらめた。でも生きることだけはあきらめてない。そのために手術を受け、拷問の食事も摂って、グリベックも飲んでいる』。こう言われて私はハッとした。

誰がつらいって本人が一番つらいよ。やりたいことやこれからの人生をあきらめるってすごいこと。重いよこの言葉。洋平さんはそれを耐えている。生きるために頑張ってくれている。

私は自分の弱さばかりで、自分で自分を苦しめるばかり。強くなりたい。ならなきゃ愛する家族を支え守れない。私の大切な夫や息子を命がけで守りたい。

『置かれた場所で咲きなさい』という本を読んで、理解はできても心がついてこないと嘆いたが、もうやめた。やめた、やめた。どんな本を読むよりも洋平さんの言葉が

一番心に響くから。私は現在を大事に、時間を大事にしたい。愛する夫の傍にいる幸せをかみしめて》

こう妻は綴《つづ》っていた。

彼女は、今は働いていないが、看護師だ。

私が内科医として三重県南部の病院に勤務していたのと時を同じくして、看護師として働いていた。明朗快活な女性だった。私と違って大きな声の持ち主で、職場では存在感を際立《きわだ》たせていた。

そんな彼女に好意を抱き、プロポーズして結婚した。出会ってから2年弱の結婚だった。私の一目惚れだった。

ジストを患ってから、時々彼女がつぶやく言葉があった。

「私たちって、どっちから結婚したいって言《ゆ》うたんかなぁ」

「そんな昔のこと、もう覚えてないやん」

私は口を濁した。心の中では叫びながら。

「それはオレのほう。一目見て好きになったんや！」

これほどまでに心配し、尽くしてくれる妻に、文句ばかり言う自分。この光景は見覚えがあった。

勤務先の緩和ケア病棟で、一口でも食べてもらおうと必死の家族に、「そんなに食べられんわ」と怒鳴っていた患者の姿――あの時オレは、そんな言い方はないだろうよ、と突き放した気持ちで眺めてはいなかったか。

長年緩和ケアに携わってきた自負があった私だが、がんになってみて初めて、患者の真実が実感できたのかもしれない。

あの時の患者さん、ごめんなさい。

あかさん、ごめん。

妻とふたりで、ひとり分

9月12日（水曜）。

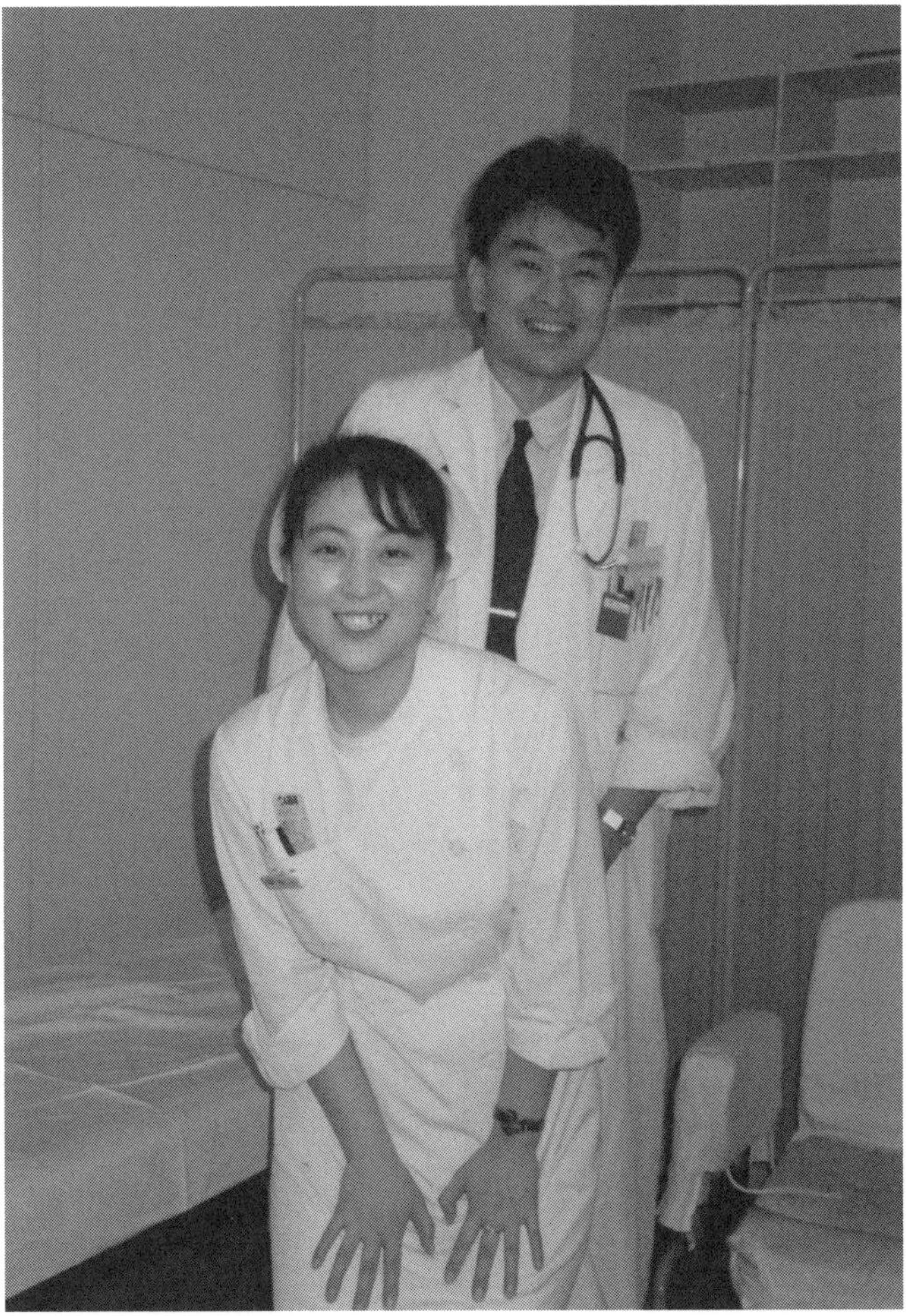

妻あかねと婚約直後の２ショット。はつらつとした彼女を一目で気に入った（1991年頃、当時の職場・三重県尾鷲《おわせ》市の尾鷲総合病院にて）

食べられないのは相変わらずで、優に100キロを超えていた体重は、気づけば30キロも落ちていたが、何とか55回目の誕生日を迎えられた。

妻と息子が祝ってくれた。さらにおふくろと妹も。素直に嬉しかった。「次」はないかもしれないと思うと寂しかったが、とにかく嬉しかった。そしてありがたかった。

本音を言えば、やっぱり悔しい。

ジストを患う前であれば、家族3人で焼肉食べ放題に行った時など、60皿以上は楽々と平らげていた。帰りに店員が目を丸くしながらレジ打ちする姿を、昨日のことのように思い出す。

退院以来、どこへ行くにも離れずくっついてくるものがいる。

他ならぬ妻だ。いや失言、妻がどこへでも付き添ってくれている。

病院で受ける診察や、ちょっとした外出などに。

そして、この頃から試しにやってみるようになったのが、外食だ。無謀だったが、気分を変えることは悪くない。

外食と言っても、入れる店は限られていて、カレーハウスCoCo壱番屋《いちばんや》、餃子《ぎょうざ》の王将、そして牛丼の吉野家だ。そう、いずれもスモールサイズの注文ができる店になる。患う前の巨体だった頃は、注文する際、「大盛りになさいますか」とよく訊かれたものだが、まあこれも、今となっては仕方ないことだろう。

　ここで妻の登場だ。

　妻と私のふたりでひとり分を注文して分け合ったり、それぞれスモールサイズを頼んで、ふたりで食べる。もちろん、ひとり分を分け合うと言っても、半分ずつとはいかない。また、今の私にはスモールサイズも完食できないので、ここでも妻の「力」を大いに借りることになる。どんなふうに借りるかは、想像にお任せするとしよう。

　ただこの頃、妻が私に向かって、

「あなたが病気になってから、私これでもやせたんよ。気ぃつかへんかもしれんけど」

　と、口にするようになった。

　妻の言うように、私が気づきにくいのは、外食先での彼女の〝活躍〟のせいかもしれないと、ふと思った。でもこんなことは口が裂けても言えない。妻は私のために本当によくやってくれているからだ。

「いや、見てたらわかるよ。オレのことで心身共に苦労かけてすまんな。本当にありがとう」

心から感謝を述べると、妻はこう言って笑った。

「しぶとく生きれば、ええやん」

結局、私が3分の1から2分の1人前をようやく食べられるようになったのは、これから3か月以上経った、年が変わってからのことだった。

せめて1日、ひとつのことをやろう

手術から4か月経つと、ようやくしゃっくりも治まり始め、つらいながらも、少しずつ「日常」を取り戻しつつあった。

実は手術後、病室で決めたことがある。

それは、「退院したら、何でもいいので1日に5つのことをしよう」ということだ。

たとえば断捨離《だんしゃり》、非常勤の仕事、そして大好きな競馬などである。3つでもなく、ひとつでもなく、5つと欲張ったのは、わからぬこととは言え、これから生きられる時間がそう長くないことを悟ったからだ。

しかし、いざ退院して抗がん剤治療を始めてみると、5つはおろか、3つをするのも大変だった。体がだるい。なぜか体温も37度を超えてくる。そしてこの食べられなさだ。心も折れる。

だから、1日にひとつのことだけをしようと改めて心に決めた。こう思うとちょっと気分も楽になった。時間の限られた命だが、だからと言って焦っては元も子もない。1日1件。

非常勤の仕事も、少しずつ再開し始めていた。緩和ケア病棟への入院を考える患者さんやご家族の想いを聴き、病棟での生活を具体的に示す面談外来を午前中のみ、週2回ほど。お会いするのは私と同じくがん患者で、治療がもう困難となった人たちが主体だ。

この状態で緩和ケア医としての勤務を再開したことに、驚く方も多いと思う。だが、妻も子供もいる身だ。がん保険に入っていて助かっているとは言え、抗がん剤には費用がかかる。少しでも動けるのならば、家でじっとしているよりも働いているほうがいい。

何より、患者さんに向き合うことで、意識が我がジストに向かないばかりでなく、食事が摂れず体重と体力が奪われていく自分でも、まだ誰かの役に立てるというやりがい――ひいては私の生きがい、すなわち生きる意味を感じることができた。

ただし悲しいかな、面談を受けるほとんどの患者が、私よりも元気だった。元気に見えた。

そしてある時、ふと思った。

「10万人に1人のジストになったんだ。これからは、人のやらないことをひとつでもやって生きていこう」

またこんなふうに目覚める朝も増えてきた。

「今日も、生きとれた」

患者風を吹かせ始める

秋の深まりとともに、体調は万全からはほど遠いながら、車や電車で片道1時間ぐらいの距離であれば出かけられるようになってきた。

ついに11月半ば、ある研修会に講師のひとりとしてお声がかかった。

当初、妻は、

「無理したらあかん」

と、参加に反対した。

しかし私は、人の指示に従わないわがまま者である。我を通した。

「じゃあ、私もついていく」

最後は妻も観念し、同伴してくれることとなった。彼女はこう付け加えた。

「私はあなたの専属看護師やよ」


会場に到着し、現地の研修会責任者にジスト闘病中であることを伝えると、驚きながらもこう言ってくれた。

「わかりました。大変だとはお察ししますが、大橋先生の思うように、まずはやってみてください。無理だとわかったらすぐに言ってください。私が代わりますから」

嬉しいと同時にホッとした。おかげさまで、当日は最後まで務めを果たすことができた。

頭ごなしに「ダメ」と押さえつけられるのではなく、自由を与えられ、さらに気遣われたことで、満足でき安心できて、1日を生きられたのだ。

虫のいい話かもしれないが、がんであっても、まず自由にやらせてもらって、そのうえで周りから気遣いをいただけると非常にありがたい。本音を言えば、がんと共になんか生きたくない。できればがん無しで生きていきたい。でもそれが叶わぬ今、この「自由」と「気遣い」が、ジストを生きる私を支えてくれている。

この日から——、すなわち妻が、

「私はあなたの専属看護師やよ」

と宣言した日から、私は彼女を次のように任命した。

「がん患者・大橋洋平の専属秘書。ただし無休で無給」

私の患者風が吹き出した瞬間だった。

そして、思わぬ心境の変化を迎えたのである。

食べられなくても、生きられる！

12月のある日。心境の変化は突然やってきた。

オレは今、生きている。食べられなくても半年生きてきた。もちろん他のがん患者さんと比べることはできないし、意味のないことだ。それぞれの病状も、置かれた環境も違う。

でも今、オレは確かに生きている——ただシンプルにこう感じることができたのだ。

「食べられなくても、生きられる」

こう考えられるようになって、ふぅっと全身の力が抜けたような気がした。

「食べられんかったら、無理して食べなくてもいい。生きられる時は生きられるだろうし、死ぬ時は死ぬんや。食べられるものを、わずかでもいいから、食べられるだけ食べていこう」

私は焦らなくなった。

すると意識を変えたためか、不思議と体調も変わった。少し気分が楽になり、少し体調も楽になった。さらになんと、食べられるようになってきた。少しずつだけれど。

まあ、食べられるようになったとは言っても、ひとり分は決して望めない。半分はおろか、4分の1人前ぐらいだ。でも、嬉しかった。妻も私の姿を見て喜んでいた。これが3分の1、さらに2分の1と増えていくことを願いながら。ふたりで、一緒に。

そして、退院して間もない頃、妻が消化液逆流に苦しむ私に、しきりに言っていたことを思い出した。

「下から喉に消化液が上がってくるんやったら、口から何か飲んで、上から下へ流し込んだったらええやん」

いくら夫に対してとは言え、〝専属看護師〟にあるまじき発言だ。当時の私は、「そんなことできるわけないやろっ。できるんやったら、もうとっくにやっとるわっ」

と、喧嘩腰《けんかごし》で言い返したものだった。

だが、食べられるようになってから、なぜかちょっと興味が湧いてきた。

試しに一度、やってみるか。

いろいろな飲み物でトライしてみたが、最適だったのは意外なドリンク――ジスト発病前にはほとんど口にしたことがなかったスポーツ飲料、アクエリアスだった。

こみ上げてきた消化液を、口に含んだアクエリアスで押し流してみる。すると、無くなったわけではないが、喉やけ、胸やけが和らいでくれるではないか！

それから消化液の逆流が起きた時には、一度でダメなら、可能な範囲で二度三度と繰り返し、この飲み込み流しを実行した。いつしかアクエリアスが好物と化していた。

背中を大きく押してくれた妻のおかげで、一歩前進。なかなかやるなぁ、あかさん。

当然だが、この「飲み込み流し」作戦は、どんな医学書にも書いていない。

そもそも、「食べられなくても、生きられる」事実を書いてくれている医学の教科書など、この世にはない。

でも実際、身をもって私は経験した。半年間、ろくろく食べられなくても、人は、生きられる時は生きられるのである。

実は退院した日、自宅に帰る途中で書店に立ち寄り、胃の手術後の食事について書かれた本を2冊購入した。

本には、『退院して2週間、1か月、2か月、3か月後』という具合に、体調や食事内容などが、カラー写真も添えて詳細に記されていた。医者の読む医学書などよりも、はるかに現実的かつ具体的に書かれていた。まさに現在の私に必要な実践書だった。ただ、食事のメニューがあまりにも綿密《めんみつ》に記されていたので、

「うちのヨメさんに、こんなん作れるんか？　栄養士でも料理研究家でもないのに」

と、一抹《いちまつ》の不安が頭をよぎった。

しかしこんなこと、妻に面と向かって言えるわけがない。私の身を案じて泣き通していた中で、それでもすべての世話を引き受けてくれた、そして今も世話してくれている愛しい妻だ。

「何も本の通りにせんかて、あかさんのできるようにやってくれたらええよ」

確かに妻の料理した実物は、本の写真通りではなかった。あたかも理容店で雑誌モデルの髪形をオーダーしてみたのに、鏡に映った自分はモデルとは似ても似つかぬのと同じように。

でも、私のために一生懸命料理してくれる、それだけで嬉しかった。

医学書に載っていることがすべてではない。

ジストを患った医者として、今、まさに断言することができる。

己のことは、己で決めたい

少し体調も回復し、わずかでも食べられるようになって、テレビを見る余裕も出てきた。

しかし愕然《がくぜん》とした。どの時間帯もどの局も、食べ物関連の番組ばかりなのだ。グルメ番組はもちろん、ニュースを扱う番組でも、ドラマでも、食のシーンがなんと多いことか。今の私には食事シーンのある番組はきつい。

その点、スポーツ番組は心地よい。相撲《すもう》中継もそのひとつだ。

２０１９年１月に横綱稀勢《きせ》の里《さと》関が現役を引退した。初場所３日目を終え、４日目での出来事だった。一相撲ファンとして、力士が土俵を去るのは寂しい。

３日目の取組の仕切りで、すでに初日から２連敗していた彼の表情は、それまでの険《けわ》しさが消えて穏やかに見えた。これが現役最後の一番と覚悟しているかのように。そして結果は、栃煌山《とちおうざん》関に寄り切られての敗戦。勝敗が決した直後、横綱は、小さく首を縦に振った。

あたかも、

「やりきった、これで終わりだ」

と決意したかのように。

翌日、引退が発表された。

ここで稀勢の里関自身が決断したこと、また師匠も急《せ》かすことなく彼の決断を見守っていたことが明かされ、とても嬉しくなった。

今、ジストを患う私も、強く思う。

「己のことは己で決めさせてくれ！　お節介《せっかい》などしてくれるな！」

人が自分の行動を自《みずか》ら決めることは、「自律」である。この自律が損なわれると、人は苦しくなる。自分のことを自ら決められなくなるからである。

おそらく心身共に疲れ果てていた中、最終的に自律を保った稀勢の里関。本当にお疲れさまでした。稀勢の里改め荒磯《あらいそ》親方のこれからも応援します。

「終わりは、始まり」

これが人生のターニングポイントである。私の場合、発病した2018年6月4日が、そのターニングポイントであった。

朝日新聞に投稿が載った！

師走《しわす》に入って受けたCT検査では、転移や再発は認められなかった。とりあえずホッとした。妻も大いに安堵していた。

何か新たなことができそうな気になり、始めたのが文章を書くことだった。お世辞にも得意とは言えなかったが、書くことは好きなほうだった。

思い切って新聞投稿を試み、朝日新聞に掲載されたのが、本書冒頭に挙げた拙文だ。書いている時には、まさか掲載されるとは、また多くの反響をいただけるとは夢にも思わなかった。

もちろん投稿した時点で、掲載を全く期待していなかったと言えば嘘になる。ただ、言い訳させてもらえるならば、その時の投稿のテーマは、「この1年」だった。つまり、己にとって激動だったこの1年——2018年を振り返りたかっただけなのである。書き上げた時点でもう満足していた——はずなのだが、欲が出た。

この掲載に味をしめて、このあと何通かを、いくつかの新聞社に投稿した。

結果、嬉しいことに5通の投稿を掲載していただけたのである！

投稿を読んでくださった人たちから、声をかけてもらえた。

「新聞に投稿が載るなんて、文才がある。すごいね」

えっ！　そうなん？　オレって文才あるのか！

煽《おだ》てられると、すぐその気になる。これも真《まこと》にオレらしい。いやいや、文才なんて、とんでもない。

採用された5通の栄誉の陰には、落選した投稿が10通ある。勝敗で言うならば、5＋1勝（高校時代を含めて）10敗だ。

妻が言った。

「あなた、投稿魔になった」

生まれて初めての「新聞取材」

12月の投稿を目にした朝日新聞記者・高橋美佐子《たかはしみさこ》さんから、取材の依頼を受けたのは、年が明けた2019年1月のことだった。

彼女は言った。

「大橋さんのメッセージに励まされた読者から投稿が寄せられるなど、反響が続いています。続けてのメッセージが、より多くの人を励ますことになると思います」

「そのように言ってくださって、本当にありがとうございます。私にできることならば、何でもさせてください」

嬉しさのあまり、即答した。ジストを患い、食事量、体重が激減して、体力も気力も奪われた中で、誰かの役に立てるかもしれないなんて、本当に嬉しい。

取材は自宅でも職場でも、どこへでも出向くと高橋さんは言ってくれたのだが、無理を承知でお願いした。

「そちらで取材を受けられませんか」

私にとってはアウェイになるが、この企《たくら》みには理由がふたつあった。

第一は新聞社という異種業種、と言うよりも異国のような場所を、生きているうちにライブで見たかったからである。実現できれば55年の人生で初めての体験となる。

第二は、妻を東京に連れて行ってやりたかったからだ。

当たり前だが、交通費は自費である。しかもふたり分。

地元に来てもらえば私たちの交通費も、時間もかからない。しかし、どうしても妻を同行させたかった。ふたりで東京に行くとなれば、28年前の新婚時代から数えて二度目となる。

実は発病する前、２０２０年夏にはふたりで東京五輪へ行ってみるか、と漠然と話し合っていた。

だが、この夢は消えた。

周りには「2年ぐらい生きられる。大丈夫」と言ってくれる人もいる。確かにその可能性はゼロではない。余命など、誰にも予測できないからである。

しかし、私にはそうは思えない。これが、〇年生存率と「私はあと、どのくらい生きられるのか」の違いである。

前者は眉唾《まゆつば》ものではなく、多くのデータを基にした「一般論の生」であり、あくまでも医療者目線のものである。それに対して後者は、がん患者が当然思うであろう「私の生」である。


東京への夫婦日帰り旅は充実していた。

始発に近い名古屋駅発の東海道新幹線「のぞみ」に乗り、生まれて初めて新橋《しんばし》駅で降りた。まだ午前8時半頃だった。11時に築地《つきじ》にある朝日新聞社で取材を受ける予定だったので、新橋駅からは、ふたりぽちぽち歩いて目的地を目指した。信号機が数カ所しかない地元木曽岬町の田園風景からは想像もつかないような光景に度肝を抜かれながら進む中、周囲を行くすべての東京人たちに追い越された。

「ここは同じ日本なのか」

朝日新聞社も、思わず見上げてしまうような巨大なビルである。正面玄関を通り、さらにエスカレーターで2階に昇ると、ようやく左手に受付が見えてきた。時間はまだまだある。駅から歩いて十分に運動できた私たちは、これ以上動く気になれず、その場に留まることにした。ふとあたりを見回すと、座り心地のよさそうなベンチが視界に飛び込んできた。ベンチに腰を下ろしたものの、周囲の人々のせわしない動きに気後《きおく》れしながら、時が過ぎた。彼らの歩き方は、私には早歩きと言うよりも小走りにさえ感じられた。

そのうちに11時が近づき、勇気を持って受付へ。記者の高橋さんもカメラマンさんも温かく迎えてくれてホッとした。2時間余りの取材を終えた後、夫婦ふたりでの記念写真まで撮影していただき、朝日新聞社を後にした。

さすがに少し疲れた私たちは、近くの築地場外市場で軽く昼食を摂り、今度はタクシーで東京駅へと向かった。帰りの新幹線で、妻は「今日はとても楽しかった」と繰り返した。

数日後、海南病院での私の仕事ぶりを取材できないかと、高橋さんから連絡が入った。傾聴も含めたがん患者とのやりとりを、できれば取材したいという依頼だった。ふたつ返事でOKしたものの、病院での取材となると、やはり許可も必要だ。まして私は非常勤である。取材の交渉を高橋さんと病院とでしてくれるように、双方にお願いした。幸い病院側の承諾《しょうだく》も得られ、2月末に高橋さんが海南病院まで来てくれた。

前述のように、私は緩和ケア病棟入院を考える方のための相談窓口とも言うべき、面談外来を行っている。普段は入院している患者とは関わっていないのだが、取材時に、ひとりの入院患者さんから承諾を得て、診察の場面を取材してもらった。数か月前に、私の面談診察を受けてくれていた男性Ｉさんである。彼は、この取材を快く引き受けてくれたのだった。Ｉさんには感謝しかない。

取材を終え、妻とふたりで高橋さんを駅まで送った。妻は高橋さんに出会って以来、彼女を慕っていた。だからこの再会を心から喜んでいた。私のことをいつも気遣ってくれる妻が喜ぶ姿は、私にとってとても喜ばしい。

この取材記事は、３月11日の朝日新聞に掲載された。私たち皆にとって、忘れられないこの〝3・11〟に、あの震災で被災された方々と立場は違えども「生きること」の記事を掲載していただけたことは、生きる時間の限られている身には、大変光栄なことと涙が止まらなかった。

「患者風」吹かせ、自由に生きていい

2019年3月11日、朝日新聞朝刊・生活面に掲載された記事のタイトルは、『「患者風」吹かせ　自由に生きていい』だった。わがままな私にぴったりの題である。

がん患者の中には、患者扱いされたくはない、ましてやがん患者と見られたくない、健常者と同じように見てほしいと考える人もいるだろう。

ずいぶん前のことになるが、ある男性のがん患者がいた。彼は建設業を営《いとな》み、大企業とまでは言えないが、地元では名の通った会社の経営者だった。

彼は、身内以外には、がんであることを隠していた。そして私にこう言った。

「先生にはわからんやろけど、この商売なめられたら終わりや。オレが死んだ後はしゃあないにしても、それまでは女房には任せられへんので、がんということは仕事では言《ゆ》うてない」

それも当然だ。人にはそれぞれ、その人なりの価値観があるからだ。

ここで医師である私が、

「仕事上のことであっても、がんを隠しておくのはよくないと思います。あなたが仕事をすることができなくなった後、奥さんを始め、皆さんが困ることになるかもしれないでしょう」

などと話そうものなら、きっと彼は反発しただろう。もしその余力がなければ、黙り込んで心を閉ざしてしまったかもしれない。いずれにしても、彼は苦しむことになる。私の言葉は、単に自分の価値観を押し付けるだけの、彼にとっては全くお節介なものに他ならない。

しかし、私は逆だ。自ら患者であること、がん患者であることを明かしている。有名人ではないので「世間に公表」という言葉は当てはまらないかもしれないが、新聞に投稿した。

この投稿も、これほどまでに反響を呼び、取材を受けて記事になるなどとは予想もしなかった。さらに数日後、記事を読んだという双葉社《ふたばしゃ》の湯口真希《ゆぐちまき》さんから、手記出版の話までいただくとは！（ちなみに当時、『クレヨンしんちゃん』や『君の膵臓《すいぞう》をたべたい』、さらには著名な作家である湊《みなと》かなえさんのことは知っていたが、版元である双葉社の名は存じ上げていなかった。湯口さん、誠に申し訳ございません）

妻は言った。

「これが、セレンディピティ（ふとした偶然を機に素敵な幸運を掴むこと）やよね」

「そうかな？」

私にはピンとこない。だが、投稿がきっかけとなって新たな出会いがあり、想いを周りに発信できる幸せに、とても感謝している。

私は患者だ。それも完治する人もいるとは言え、難しい病には違いない、がん患者だ。健常者とは違う。弱い人間だ。だったら好きなように、思うように、勝手に生きてもいいんじゃないか。周りに迷惑をかけても構わない。強がりに聞こえるかもしれないが、疎《うと》んじられても全然ＯＫだ。

苦しいのならば、いい人にならなくていい

終末期がん患者は、しばしば言う。

「もっと家にいたいけど、家族に迷惑かけるので、緩和ケア病棟に入院します」

あるいは、

「本当は退院したいけど、家に帰ると家族に迷惑をかけるから、このまま緩和ケア病棟に入院し続けます」

と。

私は違う。

「家族に迷惑かけたって、オレは全然平気。だから入院なんかしない。したくない」

もっとも意識がなくなった状態なら、入院させられてしまうかも。自分ではどうすることもできない。だから意識がなくなったならば、煮るなり焼くなり好きにしてもらっていい。そう思っている。家族にもそう話している。これが患者風だ。

ただし現実には、この風を吹かせる人は、そう多くない。緩和ケア病棟に入院している人たちも、そうわがままは言わない、いわゆるいい人たちが多い。苦しんでいるはずなのに。体の痛み、心の痛み、そして魂の痛みを抱えているはずなのに。

どうしてそんなにいい人でいられるの！

なぜそんなに我慢するの！

もちろん、苦しくなければ、いい人でいい。

でも苦しいのならば、いい人にならなくていい。そして叫べばいい。誰のものでもない、己の真の苦しみを。体の奥底から。それらの苦しみを和らげてくれるところが、ホスピスであり、緩和ケア病棟だ。ホスピスや緩和ケア病棟とは、そのための専門スタッフがいるところだ。

ホスピス緩和ケアの領域では、除痛率《じょつうりつ》というものが話題となることがある。医療用麻薬等を使用して体の痛みなどを取り除く割合だ。それが高いに越したことはない。しかし、体の痛みは取れても、魂の痛みはそう簡単には和らがない。終末期患者にとって、死は避けられないからだ。

すべてのがん患者に、この言葉を贈りたい。

「魂の痛みを、ありのまま叫んでくれ！」

がんサロンで笑いヨガ

3月17日（日曜）、松阪市で開かれた「がんサロン」に妻と参加した。県北部である桑名郡木曽岬町に住んでいる私たちには、片道2時間ほどの旅となった。三重の地で生まれ育ち、人一倍地元志向の強い私にとって、郷土でのイベントは心が弾む。

発病前なら、同様の会であれば主催者側だっただろう。がん患者である今回は患者側としての参加である。司会の医師も、がん体験者だ。彼とは２０１８年末の朝日新聞投稿を通して知り合った。本日の講演者もがんを患う看護師だ。

告知された後、帰宅途中で涙が止まらなかったという彼女の話には胸を打たれた。ジスト告知の際に私もショックだったが、それ以上に、妻がまさにその通りだったからである。

その妻が特に喜んでいたのが、最後に行われた笑いヨガの実演だ。作り笑いでいいのでまず笑う姿勢には驚かされたが、隣にいる妻は、とにかく笑っていた。

帰りの道すがら、妻は言った。

「何かスッキリした」

普段私の体調に応じて、しばしば憂いが浮かぶ表情は、喜びに変わっていた。私も、とても嬉しくなった。このサロンは参加者に生きる力を与えてくれると実感した。

今後は私も、自らのがん体験をふまえて、患者とその家族に関わっていこう。今までの自分にはできない、今の自分にこそできる新たな関わりだ。これが私自身の生きる力にもなる。そう心に誓った。

妻に恩返し

私の趣味は少なく、数えるのに片手で十分足りる。双璧が食事とドライブだった。グルメでない私は、かつては好き嫌いなく人一倍食べていた。さらに運転自体が好きで、よく車で遠出していた。愛車はスバルWRX STI。〝傑出したスーパーパフォーマンスを誰もが愉《たの》しめるクルマ〟の謳《うた》い文句通り、素晴らしい走りだった。だが手術後、手放した。もう二度と愛車のハンドルを握ることはないだろう。

終末期がん患者に関わる医師としての仕事は非常勤ながらも続けているが、私は世のため人のために生きるような立派な人間ではない。自分のために生きる、わがままな、超自己中な人間だ。今の私にもできる新しい趣味が欲しい。

そこで発見したのが、列車に往復乗るだけの半日、いや4分の1日旅だ。

日差しが暖かくなってきた3月下旬、妻とふたりで地元の三重から近鉄を利用して大阪まで出かけてきた。

道中の名産や名所には目もくれない。持参したお菓子やおにぎりを列車内で少しだけ口にし、行って帰ってくるだけの旅だ。でも、妻と過ごす時間や車窓からの眺めは心地よかった。

結婚して28年間、ずうっと仕事を言い訳にして、夫婦で出かけた旅はほとんどなかった。日頃は私の体調に一喜一憂する妻もとても喜んでくれた。それも嬉しかった。体は疲れたが、自宅で療養していればジストが治るというものでもない。新しい趣味と共に、生きている限り、ひとつひとつ妻に恩返しをするつもりであった。

この頃から、妻がよく口にするようになった言葉がある。

「こんなに幸せすぎて怖いくらい。何かまた悪いことが起きるんちゃうかな」

間もなく、不幸にも、妻の予感は的中した。

新しい趣味は、あきらめた。

第四章 転　移

2019年4月8日（月曜）

昨年の手術以来、およそ3か月ごとにCT検査を受けてきた。ジストは転移や再発を推測させる腫瘍マーカーと呼ばれる血液検査での指標がないからだ。

4月の検査自体は予定されていたものだったが、その3日ほど前から、右上腹部の痛みが時折出現するようになった。激痛ではなく鈍痛だ。右上腹部と言えば肝臓の位置である。ジストはしばしば肝臓に転移する。

息子は言った。

「痛みがあるなら、ちょうど検査が予定されててよかったやん」

確かにその通りだ。でも、ちょっぴり怖いから、検査も怖くなった。こんな痛みは昨年9月と12月にはなかった。

まさに虫の知らせだったと感じた。結果を知らされた後で。

週末の土曜にCT検査を受け、週明けの月曜に結果が判明した。4月8日のことだ。

主治医の宇都宮先生が、告げた。

「肝臓に転移しています」

妻の予感、そして私の虫の知らせ通り、肝臓に転移が見つかった。

3月末にショーケンこと萩原健一《はぎわらけんいち》さんがジストで亡くなったという訃報を知った時も衝撃だったが、この瞬間のほうがショックだった。己のことだから。

宇都宮先生は、私と妻を気遣う表情で続けた。

「CTで認められた転移は1カ所ですが、肝臓をさらに詳しく調べるために、MRI検査もやりましょう」

「……お願いします」

私は言われるがまま同意した。その声は、いつにも増して、か細いものだった。

12月の検査で転移や再発がなかったことに大いに安堵していた妻だけに、転移を知らされた時の衝撃は、私よりもはるかに大きいものだった。

「グリベックを飲んでいれば、9割以上の人は5年生きられるんでしょ？　どうしてあなたは10か月で、こんなに早く転移するの？　92％の生存率なんて数字、信じなきゃよかった……」

妻の頬を伝わる止めどない涙を、ただ見つめているしかなかった。

第2ラウンドのゴングが鳴る

現実は淡々と、残酷に進んでいく。

肝臓転移の細密な診断のために、転移告知と同じ日にＭＲＩ検査を受けた。

午後3時30分には検査室に入り、検査時間は30分ほどの予定である。寝台に固定され、ドーム状の装置の中に入り、磁場と電波とコンピューターで体の内部を詳細に撮影する。

半分ほど済んだところで、検査担当者が言った。

「ちょっと機械が故障したので、しばらくこのままでお待ちください」

しばらくって？　このまま、カプセルの中に閉じこめられたも同然の状態で⁉

心の中では叫んだが、うなずくにとどめた。

結局、検査台を降りた時には、4時半を回っていた。

「お手数をおかけしました。ありがとうございました」

スタッフに深々とお辞儀をして、検査室を後にした。

今までの自分なら、クレームのひとつでも吠えていただろう。

成長したもんだ、ジストを患ってから。

なぜだろう？

おそらく、

「今生きていることがありがたい、生きていることに感謝できる」

そう思えるようになったからだと思う。

確かに私は成長した。

しかしできることならば、発病する前に成長したかった。

家路につく途中、散髪に立ち寄った。次なる抗がん剤が始まれば、理容店に行く余力などなくなりそうだから。

今回はトップを5ミリ、サイドとバックを1ミリでお願いした。昨年6月の手術前よりも格段に短い〝進化した〟オーダーだ。

私のくりくり頭を見た瞬間、仕上がりを待っていた妻、そして帰宅を出迎えてくれた息子は、奇しくも同じことを言った。

「出家したみたい。でもそれぐらいでないと、今度の治療はできんよな」

その通りだと、私も覚悟していた。

ここに、第2ラウンドのゴングが鳴った。

転移告知から一夜明けて

清々《すがすが》しいとは決して言えないが、肝臓転移判明翌日の朝を迎えた。1日を生きた。

いや、転移の審判が下された4月8日を第1日としよう。

そうすれば今日で第2日、もうすでに2日間生きたことになる。1日儲《もう》けた。

そして、妻と朝食を摂った。

ご飯、みそ汁、おかず、明太子、しぐれ煮の五品だ。ご飯は子供用の茶わんにおよそ1杯。山盛りではないが、結構上限まで妻はよそってくる。

みそ汁は具を食べるとおなかが張ってくるので、これ以上張らないように汁は飲まない。発病前は大好物のひとつだったのに。

大好きだったのに今は食べられない、食べたくないものがたくさんある。トマト、海苔、カツオ、サバ、メロン、そば、パスタ、牛乳、お茶などなど。数え上げたら切りがない。

そうそう、みそ汁の話だった。具は、豆腐か大根か白菜なら食べられる。おかずならキャベツ、ブロッコリー、にんじんなどの野菜や焼き鮭《ざけ》など。いずれも量は少しだ。明太子は指の爪ほど、アサリのしぐれ煮は3〜4個。これが朝食の定番だが、昼も夜も毎食こんな感じだ。

これでも、今年に入ってからは食べられるようになったほうだ。ほとんど食べられなかった昨年末までと比べたら。

実際に先月の血液検査では、ようやくアルブミンの値《あたい》が「4・1」と4を超えた。それまではずっと3台だった。アルブミンは栄養状態を反映するもので、その基準値は4・0〜5・0だ。まだ基準値、すなわち正常値の下限に近いが、ようやく栄養不良とも言える3台は脱した格好だ。

そこへもってきての、悪性腫瘍ジストの肝臓転移である。

栄養状態の悪かったこれまではジストも育たなかったが、やっと少しだけ食べられるようになった途端に、ジストも成長し始めたのかもしれない。悪性腫瘍も、栄養をオレからもらって生きている。いや、「もらって」ではなく、「奪って」。皮肉なものである。

こうなったら、ジストに奪われても、食べたいものを、食べられる分だけ食べていこう。オレの好きなように。

そう決めた。

ここでも、患者風だ。

これ以上の手術を断った理由

3日後の診察で、MRI検査の結果も合わせて、

「ジスト手術後、肝臓転移。転移は1カ所」

という正式な審判が下された。私にとっては診断ではなく、まさに判決そのものだった。

宇都宮先生が切り出した。

「肝臓の転移は1カ所です。難しい手術となるでしょうが、手術も選択肢のひとつです。どうですか？」

私の腹は決まっていた。

ひと呼吸置いてから、答えを返した。

「お気遣いありがとうございます。もしわがままを言わせてもらえるのであれば、手術はお断りします。その理由はふたつあります」

CT検査の結果を知ったのが4月8日。それ以降、治療のこともずうっと考えてき

た。

「現在検査で1カ所の転移とは言え、その芽や種は、すでにいくつか体の中にあると思ってます。なんせ私のジストは、腫瘍細胞分裂像数が高リスクの基準となる『5個』の40倍近くもあります。ですから、たとえ手術で取り除いてくださったとしても、早晩、別のところに転移が出てくる可能性はあるはずです。そうすると、手術する・しないにかかわらず、抗がん剤を続けることに変わりはありません。これが理由のひとつです」

宇都宮先生は、じっくり耳を傾けてくれていた。

「もうひとつの理由は、手術そのものです。私の場合、胃の手術でさえ、術後はとても大変でした。いまだに消化液の逆流による胸やけ、喉やけ、食欲のなさは続いていますが、去年の12月まではもっと大変でした。手術して半年以上経ってようやく体も心もほんの少しだけ、どん底から上がりつつあります。ここで再度手術となれば、もはや耐えられません。さらに肝臓の手術は、胃より大変なはずです。以上ふたつの理由から、手術だけは勘弁してください」

少し間を置いて、宇都宮先生は言った。

「そうですね。転移があるのは肝臓の後方奥で、手術も難しい場所だと考えます。わかりました。では抗がん剤の変更でいきましょう。次の抗がん剤は、スーテントです。血圧や心臓に影響を与えうる薬剤なので、心電図と胸部X線を検査して、問題がなければ、1週間後からスーテントを始めていきましょう」

わがままが通った。ここでも患者風、大成功。

診察室を出て、心電図および胸部X線を終えて、帰宅の途についた。

そして1週間後、スーテントの開始が告げられた。グリベックが効かなくなった、次の手だ。

効き具合がグリベックよりも下がるのは当然のことだ。治療は、まず効果の高いと思われる薬剤から始めるからだ。ましてや相手は手強い悪性腫瘍、切り札を後に回す余裕など残されていない。

転移を知ったわずか1週間の間に、体重はさらに3キロも減っていた。少ないとは言え、それまでと同じように食べていたにもかかわらず、だ。やはり体は正直である。

これから飲み始めるスーテントの副作用は、グリベックよりも強い。

一般的に副作用は比較的少ないとされているグリベックでさえ、吐き気を催し食欲は奪われ、白血球も減少させられた私の体だ。果たしてスーテントを続けることはできるのだろうか。

先ほど交わした宇都宮先生との会話がよみがえる。

「治療をしなかった場合、どのくらい生きられますか」

彼は考え込んだ。

「うーん。実はデータも十分にはありませんので、何とも言えませんが。あなたの場合、ジストの腫瘍細胞分裂像数が非常に多いことから、悪性度も高いことは高いんです。ただ今後の見通しを具体的に、となると、何とも言えないのが現状です」

愚問《ぐもん》だった。たとえデータ上、余命は言えたとしても、私の余命など誰にもわかるはずなどないのに。ごめんなさい、宇都宮先生。

にもかかわらず、この時、私は願っていた。

「叶うならば、半年は生きていたい。この手記をどうしても仕上げたいから。最後の使命として」

気遣われて、気遣わない

私の肝臓転移を知った妹が、仕事の休みを利用して兄貴宅まで駆けつけてくれたのは、ステント開始直前だった。彼女は何年も前から家族で東京に住んでいる。

手術前や退院してからも幾度か来てくれていたが、今回の帰郷は急遽《きゅうきょ》のことだった。もともと4月末からのゴールデンウィーク、いわゆる改元10連休のどこかでは帰郷する予定だったらしい。しかし、

「もし次の抗がん剤治療が始まったら、副作用なんかでしんどくなって、話もできなくなるといけないから」

と思い立って、平日の今日、やってきたということだった。

再会は素直に嬉しかった。正月以来だ。現在の体調や病気の状態、判明した転移のことなどを打ち明けた。

「次の治療が効いてくれるといいね」

「そやな。でもオレは副作用に敏感やから、どこまで続けられるか」

「副作用も出ないこと、少ないことを祈ってるよ」

「うん。ありがとぉな」

さらに、双葉社の湯口さんから出版の話を頂戴していることを、ここで初めて話した。

「それは素晴らしい。出版の話をもらえるなんて、普通はありえない。テレビなんかの映像よりも、活字で残るほうが断然いい。後で、いつでも読めるから」

私はこう返した。

「そうかぁ。じゃあ、これを仕上げるまでは生きていたいな。と言うより、仕上げることを生きる目標にしよう」

うっすらと彼女の目は潤んでいた。その後、彼女の近況なども話題にして、

「また5月にも来るよ」

と言って、夕方までに東京へ戻っていった。3時間あまりの滞在だった。往復6時間ほどかけて。

気の置けない妹に会えたことが、とても嬉しかった。

相手から気遣われて、自分は相手を気遣わない。まさに患者風だ。

毒をもって、毒を制す

スーテント。名前からして、なかなか副作用の強そうな抗がん剤だ。

『スーテントを服用する患者さんへ』なる冊子によると、骨髄《こつずい》抑制、感染症、消化管穿孔《せんこう》（穴があくこと）、心機能障害、肺障害、可逆性後白質脳症《かぎゃくせいこうはくしつのうしょう》症候群、膵《すい》機能検査値異常、甲状腺《こうじょうせん》機能低下、手足症候群、肝不全、肝機能障害、急性腎不全《じんふぜん》、ネフローゼ症候群など枚挙《まいきょ》にいとまがない。医師の私でも聞き慣れないものが入っている。

もちろん他にも、スーテントに勝るとも劣らない副作用を生じる抗がん剤もある。

しかしこれだけは言える。今まで飲み続けてきたグリベックより、副作用は絶対に強いということだ。

妻が言った。

「こんな薬、毒みたいやなぁ」

確かにその通りだ。

そう言えば、悪魔ジストもまた毒だ。私は返した。

「毒をもって、毒を制す」

「あぁ、そういうことか」

妻は妙に納得してつぶやいた。

私は、今日の腫瘍内科の診察場面を思い出していた。主治医である宇都宮先生が説明してくれた。

「スーテントは、まず4週間、毎日飲んでもらって、その後2週間は服薬を休みます。これを1コースとして、繰り返します」

これを聞いた瞬間、私は喜んだ。

グリベックとは違って、服薬を休める期間がある。毎日飲まなくてもええんや！

しかしすぐに、ある疑問が湧いてきた。

4週間飲んで2週間休むのを1コースとして、これを何コースやるんか？　全部で3か月から半年ぐらいしたらええんか？　それ以上か？

私は彼に尋ねた。

「ところで宇都宮先生、この治療はどのくらいの期間続きますか？」

彼は神妙な面持《おもも》ちで答えた。

「うーん、ずうっとです。効果があれば」

「グリベックを飲み続けるのは最長でも3年ということでしたが、スーテントには、そういった期間はあるんでしょうか？」

「スーテントには、そういう期間はありません。効果があれば飲み続けてもらいますし、効果がなければそこでやめます」

そうか。そういうことか。私はある種のジレンマに陥《おちい》った。

もしスーテントの効果があるならば、ジストの勢いは止められるけれども、飲み続けることで、副作用も続くことになる。もし効果がなければ、スーテントをやめることとなり、副作用もなくなるが、ジストは進行する。

「どっちにしても、苦しいやんか！」

このジレンマに苛《さいな》まれながら、スーテントを4カプセル飲み込んだ。4つを一息に、ではなく、ひとつずつ噛みしめるようにして。スーテントはワインレッド色のカプセルだ。

「スーテント、おまえの毒をもって、毒ジストを制してくれ」と念じながら。

さらに、こうも念じた。

「今まではグリベックを1日に3個飲んでいた。1個2500円、かける3で、1日7500円だった。これからはスーテントが1日4個。1個7500円で、かける4は1日3万円。3万割る7500は4だから、1日の抗がん剤代は4倍になった。だったら4倍、効いてくれ！」

強く強く念じた。もう後がないと切迫しているからだろう。

ただこの時、副作用も4倍になるかもしれないことは、全く頭から飛んでいた。

結局、白血球と血小板が減少する副作用が激しく長く出た。

必死の願いもむなしく、スーテント開始1か月後には、1日4カプセルから3カプセルに減薬を余儀なくされた。

そして、今

手術から1年が経過した今、抗がん剤スーテントと悪戦苦闘している。

スーテントもグリベック同様、内服薬の抗がん剤だ。

第1ラウンド前半に見られた、グリベックのような食欲不振、消化液逆流、吐き気は少し減ったものの、常に体全体が重くだるいし、熱っぽい。口の中がひりひりして、歯磨き粉が使えない。舌先までビリビリして口角が荒れ、常に切れている。

ついに、味覚までも冒されてきた。

甘味はまだわかるが、塩っぽさや辛さは失われてきた。少量ではあるが、1月から好んで食してきたあられや煎餅《せんべい》、じゃがビーなども味が感じられず、水を食べているようだ。

「水を食べる」

55年生きてきて、初めての体験である。

唯一の救いは、6本入りファミリーパックのアイス、白くまメロンである。さっぱりした舌触りの上に、ほんのり甘さが乗っかって、美味である。これならスーテントのひりひり、ビリビリを押しのけてくれる。サイズもほどよく、1本なら私でも食べられる。

鼻の入り口も、ただれてひりひりする。さらに、おしり、すなわち肛門もただれているのだろう。温水洗浄トイレを使っていても肛門の痛みが強い。指の力も弱っていて、薬をPTP（薬剤包装）から押し出すこともままならない。

また白血球や血小板の減少も、第1ラウンドの抗がん剤グリベックよりもきつい。骨髄抑制が強いということだ。

口から飲んで骨髄にまで届くんだったら、転移した肝臓にも届いてくれ！

そして、悪魔ジストを我が体から追い出してくれ！

スーテントよ、おまえに心から期待している。

最近では爪に色素沈着までもが現れてきた。短く細い縦線だ。色は黒。指の爪すべてで10本、それも、爪の先端ばかり。不思議なことに、今のところ足の爪には見られない。これもきっとスーテントの仕業《しわざ》だろう。痛みがあるわけではないから、このままで構わないのだが、黒は気持ちのいい色ではない。

スーテントよ、お願いがある。爪を黒くするんだったら、ジストの細胞も黒く塗りつぶしてほしい。ジストに黒星をつけてやってくれ！

そんなことを念じていても、なかなかスケジュール通りに抗がん剤治療は進まない。スケジュールとは、4週間治療を続けて2週間休むものだ。現状、4週間は続けられずに3週間の服薬となるなど、スーテントを中断させられる。スーテントを休めば、体は楽になり、元気も出てくる。ここでジレンマの登場だ。

抗がん剤を続けていれば、治療の効果は期待できるが、体はしんどい。抗がん剤をやめると、体は楽になるが、治療の効果は期待できない。どちらも苦渋の選択だ。

今の私は、こう思っている。

「治療の効果が少しでも期待できるのであれば、しんどくても抗がん剤を続けたい。生きたいから」

と。

しかし、治療の効果がなくなったら？

まあ、その時に考えよう。今はスーテントに期待するのみだ。

多くのがん患者は、

「がんを患う前の自分に戻りたい」

と、切実に願うだろう。

私だってそうだ。過去のある時、たとえば勉強しなくなった高校入学の頃。いや、何と言ってもジスト誕生前（発病前ではなく）に戻りたい。

でも、そんなことはできっこない。過去には戻れない。だったらこう考えたい。

今が一番いい。

事実現実、私は、昭和、平成、令和と生きてきた。3つの元号を生きられたことは、何だかありがたいことだ。

ジストを患う今、転移が生じた今、緩和ケア病棟で非常勤として働く今、手記を執筆する今。

今が、一番いい。昨日や明日のことなど必要ない。

だから、考えない。

常に、今日である「今」が、一番よくあり続ける。

こんな幸せなことなど、他にあろうか。

余命よりも〝足し算命〟

私の場合、肝臓転移を告知された日が、もうひとつのターニングポイントだったと思う。ここから過ごせた日を数えて生きていくと決めた。

仮に「余命半年」と考えたとしよう。すると、私の生きる時間は今日、明日、明後日《あさって》と進むにつれて、1日、また1日と減っていく勘定になる。いわゆる引き算だ。人にとって、減っていくものはあまり嬉しくない。借金を除いては。

そこで、私はこう考えた。余命に意識を向けるのではなく、今日から過ごせた日を数えて生きていこうと。引き算ではなく、足し算で。そうすれば今日、明日、明後日と過ごすにつれて、その日は1日、また1日と増えていく。増えていくことは、私にとってとても嬉しい。言わずもがな、貯金もしかり。

ジストなる悪性腫瘍を抱え、死を実感しているにもかかわらず、なんと物欲の絶えないことか。人間とは欲深い生き物だ。煩悩《ぼんのう》の塊《かたまり》だ。オレは本当に人間らしい人間だ、とつくづく思う。

ちなみに、今も大好きな競馬は続けている。この期《ご》に及んで賭け事が大好きなのも、とても人間らしい。

ただ、軍資金は減る一方なので、続けているとは言っても細々《ほそぼそ》とだ。

「競馬で儲けようと思ったら、直《ただ》ちにやめるべし」

当たり前の名言である。

私自身、父をがんで亡くした時には、悲しい日々を送った。

ところが、患者本人は意外と悲しみを回避できるものだ、ということに、がん患者になって気がついた。

なぜだろうか？

おそらく患者本人は腹をくくるからだと私は考える。

己のことであるが故《ゆえ》に、誰よりも腹をくくれる。その結果が、「足し算命」だ。

がん転移患者も、意外とやるもんだぞ！

大好きな、大切な友人たち

闘病が始まって以来、多忙でなかなか会う機会のなかった友人たちが、何人も駆けつけてくれた。

術後、食べられずに苦しんでいた時も、高校時代の悪友ふたりがそれぞれ東京と名古屋から、わざわざ自宅にまで会いに来てくれた。中高一貫校だった私たちなので、実質は中学からの腐れ縁ということになる。

彼らとは中高と陸上部で一緒だった。決して足が速いとは言えずとも、トレーニングすれば記録が短縮され、タイムという目に見える形でわかるのが陸上競技の魅力だったが、私と違ってふたりの走力は長《た》けていた。

久しぶりの再会を果たした彼らは、揃って立派になっていた。

ひとりは今、ある病院の院長をしている坪井《つぼい》さん。個人経営だが、入院施設もあるかなり大きな病院だ。もうひとりは何を思ったか、この春から大学教授に就任する、剛《たけし》。高校時代は確か、彼らよりもオレのほうがテストの成績は上だったはずなのに。いや、それは中学時代の話か。

社会に出たら学校の成績など、全く当てにならない。成績を苦にしない我が息子の常套句《じょうとうく》だ。でも、大好きなふたりの成功は誇らしかったし、何年ぶりかの再会は、本当に嬉しかった。

肝臓転移判明後のある日曜日、大学同期の8名と再会した。

同期とは、1988年に三重大学医学部を卒業した、もうおじさん、おばさんたちである。私の職場が愛知県ということもあり、その近辺に住む同期を中心に集まった。闘病する私のためにわざわざ集まってくれたのだと、現地で知った。名古屋駅近くの居酒屋だ。卒業以来の再会となった同期もいた。

私と同じ勤務医もいれば、開業医や大学教授となっている者もいた。みんな立派に活躍していた。私のような非常勤の医師はいなかった。

総勢9名のうち男性が8名、女性は1名であり、紅一点は夫婦での参加だった。そう、同級生カップルである。

それぞれの近況が賑《にぎ》やかに語られる。仕事であったり、私生活であったり。伴侶や子供の、中には衝撃的な話も出た。さらに孫の話までも。かと思えば、30年以上前にフラッシュバックして、大学時代の話などが行き来する。飲めや話せやの大喧騒《だいけんそう》に、周りの客人や店員も、さぞかし驚いていたことだろう。おじん、おばんたちが大笑いする昼間の宴会に。

さすがに私には大笑いする元気はなかったが、面白《おもしろ》かった。可笑《おか》しかった。普段、仕事では決して見せることがないであろう彼らの、飾ることのない素の姿が。特に、苦しむがん患者である私には、このありのままが心地よかった。

ワイワイ盛り上がりながらも、時折、

「洋平、具合は大丈夫？」

「豆腐なら食べられそう？」

などと気遣ってくれたことも、大変ありがたかった。

でも大学時代、こんなふうに気遣われたこと、あったっけ？


この集まりはすでに3月には決まっていたため、彼ら8名が私の肝臓転移を知らされたのは、この場でいきなりという流れとなった。ただ酔っ払っているだけに見えた彼らが、真剣に話を聴いてくれた。

そして、

「自分らにできることならするから、気にせず言って」

「ぜひまた同窓会をしよう」

「同窓会だけでなく、集まれる者でまた集まろう。近いうちに」

「洋平、今度集まる時におまえ来《こ》んだら、オレは絶対許さんぞ」

などと、みんなが励ましてくれた。

「病気のこと聞いて、今日来ようかどうしようか迷ってた。でも来てよかった。しぶとく生きてくれ」

と、涙する者もいた。

「本当にありがとう。それ以外の何物もない。そしてまた、みんなに再会できることを目標にして生きていくよ！」

私は満面の笑みで返した。笑いを作る必要もなく、心からの、素の笑顔で。

もし仮にこの世を去ることになって、願い叶わず再会できなかったならば。

お詫びの印として、みんながあちらへ来ることになる時には、迎えてあげられるよう準備をしておくなぁ。

12時半に始まった会は、午後4時を回ったところで、お開きとなった。

みんなと固く握手を交わし、店を出た。

泉《いずみ》ちゃん、野々《のの》さん、早川《はやかわ》、吉田《よしだ》さん、大澤《おおさわ》、柴田《しばた》、珠《たま》ちゃん、山中《やまなか》。

ぜひ、また会おう！

結果がわからないほうが、生きやすい

当然のことながら、結果は先のことであるから、誰にもわからない。

私自身に照らし合わせても、その通りだ。ジストが肝臓に転移して、変更された抗がん剤スーテントを続ける日々、このスーテントが効くか否か、副作用も含めて治療が続けられるのはどれくらいの期間か、そして命の時間はいかほどか、など、結果がわからないことばかりである。

そんな中でも、私は生きている。

結果がわからず不安を抱えながらも、生きている。

それでは、もし結果がわかったならば、安心して生きられるのだろうか。

わかった結果が自分にとって好ましいものであれば、もちろんそうだろう。

しかし、好ましい結果ばかりとは限らない。中には、疎ましい結果もあろう。苦しみに苛まれる毎日を過ごすことは、想像に難《かた》くない。

ということは、結果がわからないからこそ、生きられるということだ。不安を抱え

ながらも。

むろん、がんを患っていない人たちは、こうではない。治療の効果やその治療自体ができるか否か、あるいは余命などを気にかけることがないからである。さらに言えば、不安を抱えながら生きる必要に迫られていないだろう。そのほうがいいに決まっている。

しかし、がん患者はそうはいかない。

たとえ、今は治療が功を奏している患者でも、今は治っている人たちでも、多かれ少なかれ、がんに関わる不安を抱えているはずだからだ。たとえば治って5年以上経った人でも、再発や別のがん発病もありうる。おやじもそうだった。

がん患者にとっての最大の不安は、進行、転移、再発など、やはり死に直結するものだ。だから、不安を抱えながらも生きていくためには、結果がわからないほうが、まだ生きやすいこともあるんじゃないかと、転移を持つ私は思う。

緩和ケア病棟は、生きるところ

肝臓転移が見つかり、新たに開始された抗がん剤スーテントは、果たして効いてくれるだろうか。

前回の抗がん剤グリベックよりも副作用がはるかに強いスーテントを、いつまで続けられるだろうか。

もし治療ができなくなったら、命の時間はどれくらいだろうか。

これは今、私が抱える不安の数々である。

これらの不安を抱えながらも、今を生きている。死を待っているわけでは決してない。

自慢に聞こえたら恐縮だが、私の話はよくわかると面談相手から言われることがある。それはなぜなのかと振り返ってみたら、村田久行先生から学んだことに行き着いた。

前述した通り、村田久行先生は、人生最後の師と仰ぐ対人援助・スピリチュアルケア理論の大家《たいか》である。人生最後と申し上げるのは、私自身、これから学ぶ時間はもう限られていると感じているからだ。

そこで学んだ最大のこと――それは行為には必ず意味があり、その意味を言語にすることで、初めて他に示す、伝えることができるということである。言語にするとは、ただ単に言葉にすればいいということではなく、「何」、「なぜ」、「どのように」を的確に表現することだ。

前に述べたように、ホスピス緩和ケアでは、がん患者とその家族の応対で、しばしば重要とされる傾聴というものがある。

この傾聴で何を聴くのか、なぜ聴くのか、どのように聴くのかを、我々ホスピス緩和ケア関係者が言語で明確に示すことができて、初めて傾聴という行為が可能となる。学んだ成果があったと、勝手に思っている。

非常勤とは言え、現在も緩和ケア病棟に勤務する私は、がん患者に少なからずこう言われる。

「先生の話はようわかったけど、オレは緩和ケア病棟には入院しない。死を待つとこ

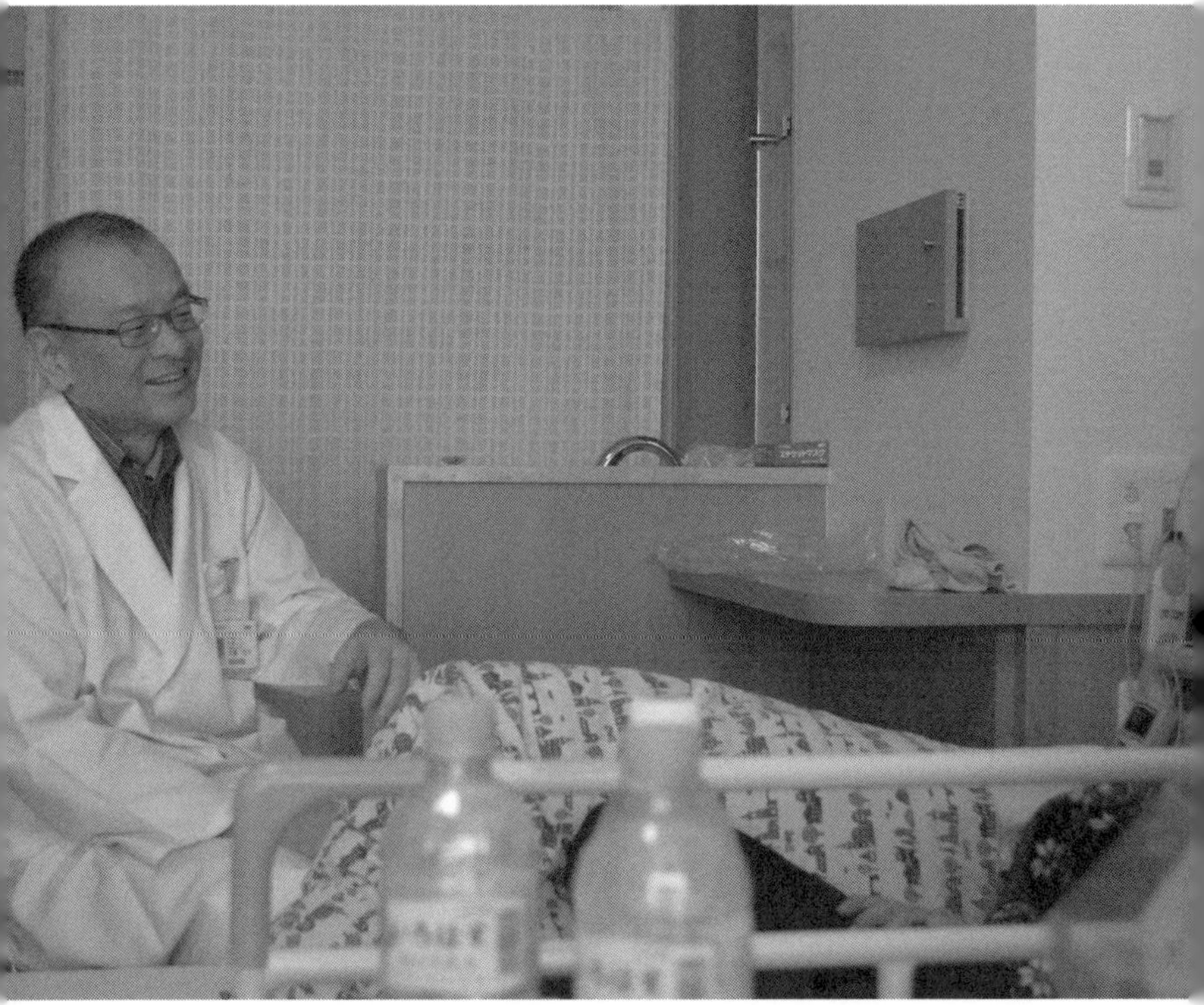

緩和ケア病棟に入院中の患者と談笑する著者。傾聴の大切さを噛み締める日々（2019年2月、愛知県弥富市のJA厚生連 海南病院・朝日新聞社提供）

ろになんて、絶対に行かない」

その患者にとっては、緩和ケア病棟＝死を待つところという認識だ。ここで次のようなフレーズが、医療関係者から叫ばれるようになる。

「緩和ケア病棟でも、退院される方もいますよ。死ぬとは限りません」

「緩和ケアとはがん終末期のことではなく、がんと診断された時から緩和ケアは行えるんですよ」

——などと。

確かに、その通りである。苦痛が和らいで緩和ケア病棟を退院する終末期がん患者もいるし、がんと診断された時から、あるいは治療中でも苦痛を和らげる緩和ケアは必要だ。私もそう思うし、否定するつもりも全くない。まさに抗がん剤治療中の私だって、苦痛はなくしてほしい。

しかし同時に、そうじゃないんだよなぁ、とも思う。

「オレは緩和ケア病棟には入院しない。死を待つところになんて、絶対に行かない」

という言葉が。そうじゃないんだよなぁ、と。

がん患者にとって、緩和ケア病棟から退院できるか、できないかは二の次だ。そもそも、もうがん治療ができないと言われているならば、緩和ケア病棟面談を受けている時点で、すでに終末期だと感じている。

がん治療を行う場合、通常、緩和ケア病棟に入院することはない。

すなわち、緩和ケア病棟＝がん治療は行わない＝がんが進行する＝死を迎える。

つまり、緩和ケア病棟＝死を迎える。

患者はこう考えているのである。

さらに言えば、緩和ケア病棟に行かない＝死にたくない、のである。

従って、退院うんぬんが問題なのではない。

確かに、緩和ケア病棟で最期を迎えるがん患者は多い。海南病院・緩和ケア病棟でも、年間200名以上の患者が亡くなっている。3日に2人に近い数だ。入院して1か月、半月、1週間で亡くなる人も少なくない。中には一両日中に最期を迎える人もいる。

私も、地元の人たちからよく言われてきた。

「洋平さん。あんたんとこへ行ったら、もうしまいやな」

決して嬉しくはない評判だ。事実でもあるからだ。

しかし、緩和ケア病棟の面接外来で、がん患者とその家族にどんな病棟かを説明する際、あえて私はこう訴えている。

「周りで言われるように、緩和ケア病棟で最期を迎える人は少なくないし、入院する期間が短い人がいることも事実です。でも、たとえ命の見通しが厳しいとしても、最期を待つところだとは、私は決して考えていません。できるだけ苦しみ少なく過ごしてもらうところ、すなわち生きてもらう、生きるところだと、私は思っています」


いつか私自身も、職場たる緩和ケア病棟のお世話になるだろう。

この痛みが和らいだ暁《あかつき》には、スタッフにこう言いたい。

「痛みを取り除いてくれて、本当にありがとう」

さらに、

「皆さんに出会えたこと、何より自分の寿命を生きられたことに感謝しとるよ」

と。

あっ、でも。

オレは意識のある間は入院するつもりはないので、入院した時にはもう、お礼も言えないか。

まあ、意識のあるうちは今同様、患者風を吹かせまくるぞ！

とにかく、しぶとく生きよう！

このジストとの出会いによって、多くのものが失われた。

病気自体によるもの、胃を切除したことによるもの、抗がん剤の副作用によるもの。様々だ。仕事は減り、対人援助・スピリチュアルケア研修講師の資格も、残念ながらお返しした。ガラケーも解約した。愛車も、妻と東京オリンピックを見に行く夢も失った。

悪魔なるジストよ。おまえなんか大っ嫌いだ。世の中からとは言わない。せめて私の体の中から消えてくれぇ！　未来永劫《えいごう》に！

しかし、この全く嬉しくない出会いによって、健康体だったら絶対に望めなかった新たな出会いもあった。

朝日新聞社の高橋記者、友人知人との再会、全国の見知らぬ方々からの応援、妻との4分の1日旅……。これらはジストと出会っていなければ決して得ることのできない、貴重な出会いや時間だった。

その中でも最たるものは、何と言ってもやはり双葉社の湯口さんだ。ジストとの出会いがなければ、この本がこの世に生まれることは決してなかったのである。

「運命の出会い」は誠に不思議だ。これからも嫌な出会い、嬉しい出会いをいくつかもたらしてくれることだろう。それを心待ちにして、生きる力にして、私は生きていきたい。

今の私だとジストには全く感謝できないが、「運命の出会い」には感謝だ。

そして、私が関わるがん患者さんとの新たな出会いにも感謝だ。

面談の際、私は時に気遣われ、励まされる。

「先生の体調はどうですか?」

「希望を持って、お互いやっていきましょう」

とてもありがたい。

笑って明るく楽しく生きるがん患者は当然いる。それは何よりのことだ。

でも、そうでないがん患者もきっといることだろう。私のように。

私はどうしても笑って明るくは生きられない。自分の中にがんがいることは全く楽しくないからである。

がんと共に生きる。これは転移を迎えた私にとって避けられない事実だが、願わくば「がんと共に」生きたくはない。がん無しで生きていきたかった。

でも、楽しかろうが楽しくなかろうが、どちらも今生きていることは同じだ。そして、これからも生きていく。

生きていきたい。生きられる限り。

笑って明るく楽しく生きられない、私のような人たちでも。

とかく世間では、「終末期においても、よりよく生きる」、あるいは「自分らしく生きる」としばしば叫ばれる。そう言うがん患者やその家族にも、実際に遭遇する。

よりよく生きられる、自分らしく生きられる人たちはそうすればいい。それに越したことはない。

ただ、終末期において、心身共にだんだんと弱ってきている状態で、よりよく、自分らしく、そうそう生きられるものではない。

そんな堅苦しいことは捨て去って、カッコなんかつけずに、わがままに、超自己中に生きていけばいい。患者風を大いに吹かせよう。

とにかく、しぶとく生きていこうではないか。私もそうするから。


私は1963年9月12日にこの世に生を受けた。前回の東京オリンピックの前年だ。ということは、オリンピック絡みで言うならば、やはりこの世に別れを告げるのは、次回東京五輪の前年、すなわち2019年、今年となる。かもしれない。

でも、まだ死にたくはない。この手記を、是が非でも仕上げたいから。

当時1歳の私に、前回の東京オリンピックを見た記憶はない。すると、東京五輪の前年に生まれて、東京五輪の翌年に死ぬ。まだこっちのほうがいい。

あと1年以上は生きられることになるから。


これからも患者風吹かせて、しぶとくがんを生きるぞ！

第五章

「患者風」吹かせて

～これだけは言いたい！　12のこと

①　手放す終活のススメ

昨今世間で話題になることのひとつに就活、婚活、妊活などの「～活」がある。その中に終活もある。ジストを生きる私も、現在まさに終活中である。

私の終活は手放すことだ。手放すのは、捨てるのとは違う。捨てるものはゴミなど、その人にとって価値を失ったものである。

一方、「手放す」は、価値あるものでもそれから手を放すことである。ゴミを手放すとは言わない。

私がまず手放したのはガラケー、次がマイカーだ。

これらが体から離れたことで、身軽になり楽になった。

発病後、半年で体重は40キロ以上減った。

「ダイエットできて楽になった？」

と、闘病のことは知らずに声をかけてくれる人もいた。

ところが、体重が激減しても、全く楽にはならなかった。なぜならば、意図したことではないからである。無理矢理に体重を奪われて体調は悪化し、苦しむばかりだった。

しかし、ガラケーや愛車は、体重とは違った。ひとつずつ手放すことで、今できることを行うというシンプルな生き方に目覚め、楽になったのだ。

いずれ、命も手放すことになるだろう。最後の最期である。それまでは「手放す終活」を続け、生きていきたい。

終活は死ぬためのものではなく、今を生きるためのものだから。

②「人間好き」こそ医者の条件

2018年、医学部入試において、女子の受験生や浪人生が不利に扱われるなどした事例が世間を大きく騒がせた。いわゆる医学部不正入試騒動である。

医学部入試は、他の学部と比べて独特な面を持つ。それは就職試験を兼ねていることだ。医学部に入らなければ医師になれないし、入学者の大半が医師になるからである。よって、入試に携わる大学関係者の責任は他学部以上に大きいと言える。

特に、浪人生やコミュニケーション能力が高い女子受験生などがハンディキャップを負わされた今回の事案は、由々しき問題だと思う。

浪人生は現役生よりも医療への志《こころざし》が強いかもしれない。また現場で相対するのは患者とその家族、すなわち「人」であり、コミュニケーション能力は相当必要である。疾患によっては、女性の医師に診《み》てもらいたい患者もいるはずだ。

私は1982年に医学部入試を経験した。入学前も後も、さほど学業成績のよくなかった私が30年以上医師を続けられている理由はただひとつ、人間好きなことだと思う。

想像してみてほしい。獣医や樹木医といった医師たちは、一体どのような人たちなのだろうか。きっと、獣医は動物好き、樹木医は植物好きであるはずだ。それも、並みの人たち以上に。

抗がん剤治療中の今もこうやって医師を続けていられるのも、やはりこの人間好きのおかげだと、強く思っている。さらにがん患者となって、できれば病気のみに目を向ける医師よりも、患者である「人間」にも目を向けられる医者に、診てもらいたいと願うようになった。

医者は人間を相手にする仕事だ。病気が相手なのではなく、病気に苦しむ患者を相手にするのだ。人間が好きでたまらないから、彼が、彼女が抱える病や苦しみを何とかしてあげたいと、医者は思うようになるのだと私は考える。

医学部入試に携わる皆さま。合否判定の項目に年齢や性別ではなく、どうか「人間好き」を追加してもらいたい。

大学受験を控える学生の皆さんにも訴えたい。

「人間好きなあなた、ぜひ医者を目指してほしい」

③　がんになるのは「2人に1人」は健康者の目線

現代において、がんになるのは2人に1人。2分の1の確率とよく言われる。

これは健康者の目線だと、私はつくづく思う。

なぜならば、がんを生きている患者はすでに2分の1ではなく、もう「1分の1」になっているからだ。

術後、苦しい抗がん剤治療を続けてきたにもかかわらず、転移を迎えた。別の抗がん剤治療の日々を送っている私は、病気自体から生じる苦しみばかりではなく、胃がないことによって消化液が逆流して起こる胸やけ、さらには抗がん剤の副作用による口内の荒れ・ただれや白血球減少などに苦しんでいる。

気がかりなことも数多い。これからどのくらい生きられるのか、さらなる転移や再発はいつやってくるのか、また、他のがんにかかることはないのか——後から後から、不安は湧いてくる。

2人に1人が、がんになる。

ならば、がんになった人は、もうがんになることはないのか。

もし、一度がんを患った者は、二度と他のがんにはかからないと保証されるのだったら、少しは安心できるのに。さらに転移なし・再発なしの患者と、転移あり、再発ありの患者とは、また違うはずだ。

すなわち、転移や再発が起これば、がんの数は1から2、3と増えていくことになる。

がんになるのは「2人に1人」は、つくづく健康者の目線だと思えてならない。

そして、「2人に1人はがんになる」の、「なる」という表現が、どうしても気になる。「なった」という過去形でもなければ、「なっている」という現在進行形でもないからである。

がんをすでに克服している人は、「過去に」がんになった人たちである。一方、現在治療中、あるいは治療がもうできない人は、「現在」がんになっている人たちである。私も現在進行形のひとりだ。

たとえば、保険のCMのキャッチフレーズも、「2人に1人はがんになる」の「なる」である。がんになる前の、予防や準備を謳《うた》う。それらが大切なことは言うまでもない。私もがん保険に加入していて、金銭的にずいぶん助けられた。

では、がんになった人や、今、がんを患っている人は、これからどうしたらいいのか。がんを治す、あるいは転移や再発を防ぐ食事や生活習慣は何なのか。がんを患っていても入れる保険はあるのか。2分の1の確率で望まぬ側に入ってしまった現役がん患者には大いに気になることなのだ。しかしながら、私の知る限りにおいて、現役がん患者のニーズに応えるようなキャッチフレーズなり、CMなりを目にすることはない。

「がんになっても仕事が続けられるような社会の改革が必要だ」と最近世間ではよく言われる。働き方改革もそのひとつだろう。ただ、がんを克服した人ならまだしも、克服できていない現役がん患者は、そんな悠長なことは言っていられない。私のように。

そこで提案だ。

たとえば、がんになったら消費税を免除してくれないか。住民税を1割引というのはどうだ。それから公共機関の交通運賃は半額、レストランでは3割引などだ。このようにしてくれれば、がん患者も少しは安心して暮らせるのではないか。働くのはその後でいい。

あー、またしても、患者風を吹かせてしまった。

しかし、これだけは声を大にして叫びたい。

がん患者特権を、是が非でも作ってくれ！

がんになった後の金銭的な不安が、少しでも解消されるような社会を！

内閣総理大臣さま、ご検討のほど、何卒よろしくお願い申し上げます。

④「いつかは死ぬ」ではなく「いつでも死ぬ」

「いつかは死ぬ」

これも健康者の目線、あるいは、がん患者であっても比較的その経過が順調な患者の目線のように、私は感じる。

ホスピス緩和ケアの医師である私は、多くの方の最期に立ち会い、死を身近に感じてきた。しかし、それらはあくまでも他人の死であった。

今回実感したのは「私の死」である。

「人間は、いつか死ぬ。いつ何が起こるかわからない」

などと、世間ではよく言われる。確かにその通りである。しかしこれは一般論であり、所詮他人事《ひとごと》である。

ただし、がん患者に限ったことではないが、自分の死を実感した人にとって、主語は「人間」ではなく、「私」である。

すなわち、

「私は、いつかは死ぬ」

さらに言えば、いつかではなく、

「私は、いつでも死ぬ」

　己のことであるから必死になるのである。がん患者は、病気や治療だけでなく治療中の食事、病院のことまで非常に詳しく知っている。

　医師として患者と相対した時、相手が私以上の知識を持っているため、困惑したことがある。患者は、「私」のことだから、必死に調べるのである。自分がジストになって、ようやく気がついた。遅すぎた。

　しかし気づけた今が、まさにスタートでもある。あとどのくらい生きられるかは全くわからない。でも、仕事の上でも必死に生きていこうと思っている。

⑤　がんサバイバーにも、いろいろある

　がんサバイバーという言葉がある。がんを経験したすべての人を指す呼称だ。私もそのひとりである。ただ、もう少し踏み込むならば、がんサバイバーもいくつかに分かれる。

　がんを患いはしたが、治療を行い転移や再発もなく、現在もう完治している人。羨《うらや》ましい。

治療によりがんは消滅していないが、今、その活動が停止しているか、緩《ゆる》やかにな
った人。

治療したにもかかわらず、現在もがんの活動が活発な人。

後者ふたつは、今も何らかの治療を続けていることが多いだろう。

そして、治療を断念せざるを得なくなった、あるいは自らの意思で治療をもうやめた人。彼らにも苦しみはあるはずだ。また、たとえ完治している人であっても、転移や再発の可能性はゼロでない。

しかしながら、がんのステージがさらに進めば進むほど、患者の苦しみが強まることは、想像に難くない。

私もステージ後半に入ってきた。ここで声を大にして唱えたい。

「がんサバイバーであってもいろいろだ。一括《ひとくく》りにしないでくれ！」

がんサバイバーという一括りにした言葉は、がん患者の目線ではない、がんではない人たちの目線に思えてならない。

人間には仲間意識というものがある。いわゆる群れだ。同じ病気を持つ者が集う患者会、事故などで家族を亡くした者による遺族会、事件などにより被害を被《こうむ》った者で

作る被害者の会などである。同じ境遇の相手なら自分のことをわかってくれそう、さらにはわかってくれると期待するから、集まるのだと思う。苦しむ人は誰かに自分のこと、つまり自分の苦しみをわかってもらいたいものだ。その苦しみが強ければ強いほど。

だから私は、同じがんサバイバーであっても、病気が完治して今を生きている人たちが同じ境遇だとは、どうしても思えない。羨ましさを越えて妬《ねた》ましい。正真正銘の嫉妬《しっと》に他ならない。あーいやだ、いやだ。自分で、自分が嫌になってくる。煩悩《ぼんのう》満載の自分が。肝臓に転移して「足し算命」を決意したのに、いまだ欲望や妄執《もうしゅう》を捨て切れない。それどころか、次第に増しているんじゃないかと恐ろしくもなる。

ここで私はふぅっと息を吐く。それからゆっくりと大きく息を吸って、また吐く。これを何度か繰り返して、もしかしたら、これが人間なのかと思えてきた。

やっぱりオレは人間だ。とっても人間らしい人間だ。悟りなんて開くことはできない。生きられる限り、人間らしく生きていこう。煩悩の塊で。

そう考えると、また全身から余計な力が抜けたような気がした。食べられなくても生きられると考えた、あの時のように。

そして、あることに気がついた。今までどうしてもうまく説明できなかったことだ。それは何かというと——。

ジストを患い、治療を受け、結果、転移や再発を迎える。今の私だ。もう治療できなくなる、治療しなくなる時も、いつかやってくることだろう。体力や気力も萎《な》えてこよう。がんはだんだんと強くなってくるからだ。自分は弱ってくるばかりなのに、相反してがんは強くなってくるばかりだ。

しかし、そんな中でも、沸々《ふつふつ》と湧いてくるものがある。己の内々に。それが何なのか、今まではわからなかった。でも、気がついた。煩悩の塊で最期まで生きることを決意して、初めて気がついた。

私の場合、それは「しぶとさ」だ。

生きられる限り、命ある限り、しぶとく生きていくぞ!

⑥　夢は消えても目標は持てる

生きていくことにおいて、希望は不可欠だ。夢は遠い希望であり、目標は近い希望だと、私はとらえている。夢には漠然とした面がある一方、目標は夢よりも具体的なことが多いからである。

未来の夢を心に描く、今月の目標を立てるなどと言う。抗がん剤治療が続く今、定年退職後に夫婦で全国を車で旅する夢を失った。

ふたりとも車で出かけることが大好きな夫婦だ。どこか目的地に到着して、そこで何かをする、たとえば観光やグルメも好きだったが、それ以上に道中を車で行き来するのが気に入っていたものだ。

人は夢を失うと、生きる希望も失われかねない。生きる希望が失われると、日々生きることが苦しくなる。がん患者であろうがなかろうが、誰しもがそうであろう。

私はジストという悪魔、さらに抗がん剤治療に苦しめられながらも、今を生きている。これからを生きていくためにも、夢や目標が心底欲しい。

ただ、遠い希望の夢は、ちょっとしんどい。ジストを抱える状況では、手の届く身近な希望のほうが叶えられそうだからである。やはり、できることなら希望は叶えたい。

そこで支えとなっているのが、夢ではなく目標だ。

明日は非常勤で続けている、がん患者との面談がある。

1週間後は自らが受ける腫瘍内科の診察日だ。

そして1か月後には、妻と近場にホタルを見に行く予定もある。体調のこともあり、出かけるのはもっぱら日帰りだ。というか半日旅、いや4分の1日旅だ。それでも目標があるのは楽しいし、生きる励みにもなる。

その目標はせいぜい1か月後までで、欲張っても3か月後だ。今の私にはそれ以上、体調の見通しが立てられないからである。3か月以上先になると、目標ではなく夢になってしまう。

しかしこの近い目標が、生きる原動力となっている。たとえ定めのある限られた命であっても、目標と共に、今を、そしてこれからを生き続けていきたい。

⑦ 生前葬より「生前送別会」を

昨今話題となっていることのひとつに生前葬がある。この生前葬に、私は違和感を持つ。

生前葬とは文字通り、その人が生きている間に行う葬儀のことを言うらしい。

葬儀とは死者を葬《ほうむ》る儀式のことであり、葬るとは亡骸《なきがら》や遺骨を墓などに納めることだ。

でも、その人は今、生きている。死者でもなければ、亡骸や遺骨でもない。

「なにも、そんな細かいことまで言うことはない」という意見もあろう。

私も昨年6月までだったらそうだった。しかし、今はそうは思えない。

否応なしに何度も「私の死」を実感させられている身には、細かなことまでも気になるからである。

今、私は生きているのか、それとも死んでいるのか。答えはもちろん前者である。

今、私は生きていることが真実である。

だったら、どうして葬儀など行うことができようか。

話はずれるが、臨死体験セミナーなる会で、棺桶《かんおけ》に入る企画がある。そこに入ってどうしようというのか。それも生きている間に。これも、

「人間、いつかは死ぬ」

だからだろう。

しかし、死を身近に実感している者はこうだ。

「私は、いつでも死ぬ」

その恐れがある中で、生きていられる間に棺桶などに入りたくはない。そんな暇があったら、大好きな夕焼けの茜雲《あかねぐも》を見ていたい。

もちろん、皆がそうだとは言えない。だが少なくとも、私はそうだ。

ただ、己が生きている間に、それも周りのこともある程度はわかり、話もできる間に、家族友人知人と最後に会う機会は私も欲しい。それまでの思い出を振り返ったり、感謝したり、場合によってはお別れを言ったりしたいからだ。

でも、これは葬儀である必要はない。言うならば、あちらへ向かう送別会だ。そう、生前葬ではなく、

「生前送別会」

これならやってみたい。

⑧「がん患者の医者」になって初めてわかったこと

抗がん剤治療を日々続けながら、ホスピス緩和ケア医として働く現在、

「がん患者に関わることにおいて、自らがジストを患う前後で、何か変わったことはありますか?」

「患者の立場になって見えてきたことはありますか？」

などと訊かれることが時々ある。

ホスピス緩和ケア医として15年やってきたうえでの発病なので、率直に言って、がん患者になる前と後とでは、己の中でそんなに変化はないように思う。

ただし、内科医すなわち消化器内科医として働いていた頃とは、大きく変わった実感はある。

内科医をしていた頃は、患者に目を向けると言うよりも、疾患そのものや医師としての技術に目が向いていたように振り返る。疾患に対してであれば、その診断や原因を突き止めようとする。だから、具合の悪い患者さんにも平気で検査を強いていた。たとえば胃のバリウム検査などだ。当時はあれほどの拷問だとは思っていなかった。

また、消化器系の疾患に関わる内科医だったので、開腹などの、いわゆる手術をすることはなかったが、消化管内視鏡や腹部エコーなどを用いて治療や検査を行うことが広まりつつある時代であり、当然私も関連する技術を身につけた。

生来、手先が不器用な私は、内視鏡やエコーが得意ということは決してなかったが、それまでできなかった手技ができるようになることには充実感が得られた。恥ずかしながら当時は、その検査で患者がどうなったかと言うよりも、自らの技量の向上に酔いしれていた。医師資格をいただいた者として、全く情けない。

そんな私が変わったのは2003年、ホスピス緩和ケアの道に入ってからだ。医師になって10年ほど経ったあたりから、その傾向はあったと思うが、正式には2003年からと言える。

何が変わったのか。

疾患の診断や検査、治療ではなく、その疾患を持つ患者に目を向けるように変わった。

確かに患者に目を向けるようになったものの、まだ不十分だった私がさらに変わったのは、2008年以降だ。村田久行先生が代表を務める対人援助・スピリチュアルケア研究会で、対人援助論、スピリチュアルケア論を学ぶようになってからである。

患者とは、文字通り患う人たちだ。

患うとはどういうことか。

言わずもがな、苦しむことだ。

そう、患者の持つ苦しみに焦点を当てることが重要だと、この研究会で叩き込まれた。ここが私の仕事におけるターニングポイントだ。

そして、悪性腫瘍ジスト発病は、何と言ってもがん患者のリアルな苦しみを教えてくれた。


その苦しみは、大きく言うとふたつある。

ひとつは、がん自体による苦しみだ。

私の場合、手術前には出血に苦しみ、さらに手術まで命は持つのかと苦しんだ。また腫瘍が大きかったため、果たして手術できるのかと苦しんだ。術後には、悪性度が非常に高いことがわかり、抗がん剤は効くのだろうか、転移や再発はしないかと苦しみ、転移が判明した今は、今度こそ抗がん剤が効いてくれるのか、もしそれが叶わなければどのくらい生きられるのかと苦しんでいる。

もうひとつは、がん治療による苦しみである。

胃の入口付近にできた巨大なジストであったため、手術で胃を食道側からほとんど摘出した。そのことで消化液が食道に逆流しやすくなり、胸やけ、喉やけに苦しんでいる。胃がないことにより、食事もそうは摂れず、食欲も出ない。発病前は人一倍食べることが好きで体重100キロを優に超えていた私は、今や食事の楽しみ、体重、体力を奪われて苦しんでいる。食べ物を扱うことがほとんどである昨今のテレビ番組は、もう見たくない。

さらに、体をフラットにしては眠れないし、休めない。胸やけ、喉やけも続いている。抗がん剤の副作用もある。口の中は荒れるし、ただれる。そして、白血球や血小板も減る。副作用が出れば抗がん剤を休止せざるを得なくなり、この間にジストが勢いづくのではと苦しむ。

今回、肝臓転移が出現し、別の抗がん剤が開始されたが、当然1回目の薬よりも効きにくいだろうし、副作用も強い。だとすればどこまで治療が続けられるのか、さらに生きられる命は厳しくなったと苦しむ。

言葉では理解していたつもりだったが、甘かった。そんな生易しいものではなかった――ということに気づかされた。

こんな状態でも、以前のようには無理だが、がん患者、それも終末期がん患者に関わっている。そこで私はどのように変わったか。

思うに、喜哀楽の感情が少し表に出るようになった気がする。怒はない。

もちろん、今までも患者とその家族に面と向かって怒ったことはなかったと記憶する（ただしこれは、ホスピス緩和ケア医となってからのことで、内科医だった頃、一度だけ、ある患者と安静度に関して大声でやりあったことがある。胆石胆《たんせきたん》のう炎の男性患者だった。こんなことはよく覚えているものだ）。

診療にあたるうえで、医師は感情的になってはいけない。冷静な応対や対処ができなくなるからだ。時に従順すぎる私は、愚直に実践してきた。鉄仮面のように。

しかし今、たとえば相手の話を聴く場面でも、冷静に、かつ少しは感情を表しながら傾聴しているように思う。考えてみれば「自然に」ということだ。

今までは、もしかしたら不自然に振る舞っていたのかもしれない。だが、これらは私が勝手に憶測していることであって、実際のところは、たとえば今日面談したがん患者に尋ねてみないとわからないのだが。

10年ほど前から、日本緩和医療学会は、厚生労働省と連携して緩和ケア研修会と称する学習会を実行してきた。主な受講者は、がん診療に携わる現場の医師である。縁あって私はその指導者たる資格を得て、勤務地である愛知県や、出身地で居住地でもある三重県で研修会のファシリテーターを務めてきた。

研修ではいくつかの単元があり、その中で、「がん医療における悪い知らせとは、患者の将来への見通しを根底から否定的に変えてしまうもの」という項目がある。

ここで「悪い知らせ」がされる場面とは、がんの診断、がんの再発進行、がん治療の中止のことだ。まさに私そのものじゃないか。悔しいかな、教科書通りに敷かれたレールの上を進んでいる。相手の思うつぼだ。私のジストを治すことは、特効薬にでも出会わなければ無理なので、それもやむをえない。

しかしレールを敷かれていたのでは、好きなように患者風を吹かせられない。私としては気に入らない。オレはちょっと違うぞと、少しくらい反発したい。たとえ将来の見通しは否定的に変えられたとしても、限りある将来を肯定的に、しぶとく生きていくぞ！　などと。


さらに、患者になって思い知らされたことがある。

それは、薬剤の飲み忘れだ。

定期的に内服する飲み薬は、1日に1回、2回のものがあれば、3回のものもある。この1日に3回が曲者《くせもの》だ。

たとえば、朝、昼、夕など毎食後としよう。食事そのものが不規則になって食べられないこともあるし、食事の時刻が不規則になることもある。そのため食後、薬を飲むこと――これをついつい忘れがちなのである。

私の場合、抗がん剤は1日1回、昼食後。胸やけ、喉やけ、吐き気などを抑える薬剤は1日3回、毎食後に内服することになっている。さすがに抗がん剤を飲み忘れることはない。生死に関わると思っているからである。これから1日が始まる、仕事に出かけるなどという理由から、朝食後の薬剤もきちんと飲んでいる。

ところが、問題は夕食後である。ちょっとウトウトしかけてきたりして、飲み忘れることがある。胸やけ、喉やけ、吐き気などが以前よりも減ったことで、夜通し苦しみ、洗面台の前で夜を明かしたことを忘れてしまっている。この「忘れる」という行為も、人間の本性だろう。

ここで、あることを思い出した。

1988年に医師となり、以来数多くの人たちに薬剤を処方してきた。

そこで定期受診をしている患者が、

「今日は薬が余っているので、いつもより少ない日数分でいいです」

などと言おうものなら、

「どうしてきちんと飲めないんだ。自分のことなのに」

と、心の中で叫んでいたものだった。

そんな私も先日、主治医の宇都宮先生に、

「今日は薬が余っているので、抗がん剤以外は3日分少なくていいです」

と懇願していた。

本当に、「実際、我が身に降りかかってこなければ」、わからないことだらけなのだ。


さらに、もうひとつ気づけたことがある。それは、患者にとって医者の力は、医者自身が想像している以上に大きいということである。

以前内科医をしていた頃、主治医として受け持っていた患者、Uさんのことを思い出す。第二章でも触れたが、彼女は私の異動転勤に伴い、かかりつけの病院を変えてまで通ってくれた。なんと、その病院数は4カ所に及んだ。それだけ私を信頼してくれていた、ということだろう。

私自身も昨年6月、消化管大量出血の際には、消化器内科医である奥村明彦先生を頼り、手術治療に際しては、外科医である高瀬恒信先生を頼った。いずれにおいても自らの命を預けたのだ。そして今、悲しいことではあるが、肝臓転移を来《きた》している中、現在の主治医である腫瘍内科医の宇都宮節夫先生を頼って、抗がん剤治療を続けている。奥村先生、高瀬先生からは、今も気遣いの声をかけてもらっている。本当にありがたいことだ。

進行するジストを生きるうえで、彼らは私に生きる力を与えてくれている。患者にとって医者の力は大きい。その大きさは、病が重くなればなるほど、その度合いを増す。患者にとって医者の力はこれほどまでに大きいということに、がんになって初めて気づかされた。

もちろん医療において、医者だけではなく、すべてのメディカルスタッフの力が必要なことは言うまでもない。その中でも病院において、看護師の力は他のどの職種スタッフよりも大きい。入院中であれば、真っ先に病室に来てくれて、その頻度は医者よりも、どのスタッフよりも多いからだ。

ここだけの話、患者として病院でうまく立ち回るためには、看護師を敵に回してはNGだ。いや失言。看護師を信頼することから始まり、看護師に感謝することに終わる。そう言っても過言ではない。

最近では、今までは医師の範疇《はんちゅう》とされ、また医師のみに認められてきた医療行為までも実施できる特定看護師なる資格も登場した。一部のカテーテルの挿入や抜去、さらに一部の薬剤の量調整などだ。もちろん医師の指示の下にではあるが。

医者が医療従事者のピラミッドの頂点に君臨して、その他の職種スタッフが下方に位置するなどとは、私は決して考えていない。看護師の皆さんには本当に頭が下がる。ただその中でも、患者にとって医者の力は他に勝るとも劣らぬほど大きい、ということを唱えたいだけだ。医者を目指している医学部の学生さん、さらには医者を志し医学部入学を目指している皆さんに、声を大にして呼びかけたい。

「患者とその家族にとって、医者の力は大きい。彼らはその命を託すのだから。誰あろう、医者であるあなたに」

がん患者となり、現在治療を続けている現役の医者が言うのだから間違いないと、私は思う。

奇《く》しくも手記執筆中の今、ドラマ『白い巨塔』が五夜連続で放映されている。最終回で、岡田准一《おかだじゅんいち》さん演じる外科医、財前五郎《ざいぜんごろう》教授が心情を吐露する。世界屈指とされる手術技術を持つ彼が、進行がんに冒され、自らが己のがんを手術することもできず、その治療が極めて困難となりつつある場面だ。

「執刀《しっとう》してくれた医師が診てくれると、こんな気持ちになるんですね。ホッとします。初めてわかりました」

今回の『白い巨塔』で、最も心打たれた場面だ。演技派の岡田准一さんが語ると、この場面が一段と映える。そう感じた視聴者も多くいたことだろう。

しかし、まさに今、がん治療を続けている現役の緩和ケアの医者が語る言葉も、少しくらいは誰かに届いてくれたら、私は嬉しい。誰かひとりにでも役に立てるかもしれない。そう思うと、今を生きている意味を実感できる。

ここでは、あえて私は、「医師」ではなく「医者」という言葉を多用した。医師と、医者。

広辞苑によれば、どちらも「病気の診察・治療を業（職業）とする人」とある。両者は、世間でも同じ意味で呼ばれることが一般的だ。

今回、私は悪性腫瘍ジストを生きる中で、それらの意味を若干《じゃっかん》異なるものとしてとらえるようになった。

医師という言葉は資格的なものを表し、医者のそれは人間的なものを表すように、私には思える。医師国家試験はあるが、医者国家試験はない。医者の不養生《ふようじょう》とは言うが、医師の不養生とは言わない。さらに言わせてもらえるならば、医師は治療を施すという意味において、患者と対等な立場ではない。もちろん医者もそうなのだが、医者は医師よりも僅《わず》かだけ患者に近づいた立場に感じる。

患者は弱い立場にいるから、たとえ医者がどんなに患者目線になろうとしても、それは土台無理な話である。

「患者と同じ目線で」あるいは「患者の身になって」診療にあたるべし、などと学生時代や研修医時代に教えられたことを思い出すが、今の私にはむなしい教えだ。

どれだけ医師が患者に近づこうとしたところで、さらに患者はその視線を医師よりも下げていく。病を患うことは、その人の立場を下げるものだからである。弱い立場にいる、そして、そこにいることを強いられている。悪性腫瘍などの大病であれば、なおさらだ。医者はそのことをわかって、診療にあたればいい。

いつまで生きられるかわからない。だが、これからも生きられる限り、ホスピス緩和ケアの「医者」として、がん患者とその家族に関わっていきたい。

「患者とその家族にとって、医者の力は大きい。彼らはその命を、他ならぬ医者に託すのだから」

もしかすると、これが最大の気づきかもしれない。

なぜならば、私は医者だから。

⑨　患者自身より家族のほうが苦しい

がん患者は苦しんでいる。がん自体による苦しみ、治療に伴う副作用や後遺症による苦しみだ。当人の苦しみは、本人以外には誰にも理解できないものだが、世間の人々もある程度は想像できるだろう。

がん自体による苦しみとは、たとえば自分は果たして治るのだろうか、もし治らないならばどのくらい生きられるのだろうか、いよいよ最期が来るならば、周囲との別れが悲しい、寂しいなどだ。もちろん、おなかが痛い、背中が痛いなど身体的な痛みもある。また一旦《いったん》がんが治っている人であっても、転移や再発はしないだろうかと気になる。おそらくがん患者にとって、これらの苦しみは一生続くものだろう。

では、そのがん患者の家族はどうだろうか。

もちろん、苦しいはずだ。

愛する家族との別れが来てしまう、最愛の家族を失ってしまう。これらを克服する術を持ち合わせないことにも苦しむ。

ホスピス緩和ケアの領域で、「がん患者の家族は、第2の患者」という言葉がある。しかし、「家族もまた患者である」はその通りだとして、果たして「第2」なのだろうか。むしろ実際には、がん患者自身よりも苦しんでいるのではないかと思えてならない。

消化管大量出血で診断されたジスト、手術を受けた後に待ち受けた傷痕も含めた数々の痛み、その後の抗がん剤の副作用、今回新たに発覚した肝臓転移などは、私にとって苦しいことばかりだ。しかしそれらを経て、私自身は少しずつ鍛えられてきたような気もする。

もちろん強くなったなどとは言えない。弱いままだ。体のどこかに痛みが生じた時には、その場所にジストが新たに転移したかとも思う。そんな時には家族につらく当たる。最大の被害者は妻だ。

「がんも進んできとるっていうのに、オレの言うことが聞けんのかー」

「…………」

息子が間に入る。

「またやっとる。おふくろもようやってくれとんのやから、まあまあ抑えて」

我が家でよく見られる光景だ。

しかし、数々の苦しむ場数を踏むことで、その時その時に覚悟を決めて腹がすわってきたのも事実である。己のことが故に、腹もくくってこられた。

ジストになった原因、理由はあるに違いないが、決して自分の何かの行動のせいではない。定めだと思っている。己の定めでがんになったうえで、家族との別れがある。

そして最期を迎えた後、すなわち死んだ後のことは、自分ではどうにもしようがない。たとえば家族など、残った者に任せるのみだ。

悪性リンパ腫で他界したおやじは、亡くなる少し前によく口にしていた。

「早いもん勝ち」

先に旅立っていく者のほうが、残される者よりも楽だ、という意味だった。

ところが、家族はなかなかそうはいかない。最愛のかけがえのない人を失う別れにより、その苦しみが最大となってしまうからだ。本人亡き後、この世に残されるのも家族だ。ということは、その後も家族の苦しみはさらに続く。妻を見ると、つくづくそう思う。もし逆の立場だったら、きっと私も同じだろう。

従って、患者家族が「第2」の患者とはどうしても思えないのである。同等か、それ以上だ。

そんな患者家族に対して、ホスピス緩和ケアの医者として、

「一番苦しいのは患者本人なので、家族も本人を支えてやってください」

などと、今の私にはとても言うことはできない。

実際には、がん患者自身に勝るとも劣らず、家族は苦しんでいるのである。

⑩「がんは死ぬまでに時間の猶予がある」は甘い考え

人は病気で死ぬ場合、心筋梗塞《しんきんこうそく》やくも膜下出血などで突然死ぬよりも、がんなどで、突然ではなく少しでも時間の猶予があって死ぬほうがいいと言われることがある。私

も今まではそう考えてきた。時間の猶予があれば身辺整理もでき、家族にもそれなりに別れを告げることができると信じていたからだ。

しかし、実際にはそう甘くはなかった。

時間の猶予があるとは、たとえばがんの検査を受ける、がんの治療を受けるなどの時間があるということだ。

転移した腫瘍が今、どうなっているかを調べる検査は、その結果が気になって正直怖い。しかし、やはり治療はそれ以上に苦しい。治療の副作用もきつい。病気によって体力が落ちているからだ。さらに今後も不安だ。

こんな時に身辺整理などできるはずがない。と言うより、何もやる気が起こらない。突然最期がやってきたほうが、むしろ楽だったのではないかとも思い始めている。

病状や治療の経過が芳《かんば》しくないたびに、最愛の家族である妻や息子を悲しませてしまう。すべてこの悪魔ジストのせい、いやそれを飼ったオレのせいだ。情けない！

⑪ 今やりたいことは、今やる

物事には偶然はなく、すべて必然であるという意見がある。

確かに、すべての事象には理由すなわち原因がある。原因が特定されるものもあれば、特定されていないものも数多く存在する。まさに病気、たとえばがんの中で原因が特定できていないものがそうであろう。私のジストもしかりだ。

悪性腫瘍であるジストの原因は、消化管の壁の筋肉層に存在する、特殊な細胞の異常増殖とされている。その結果、腫瘍が形成される。

ではなぜ、異常に増殖してしまうのかまでは究明されていない。だから私は、ジストになったことを必然とは思っていない。あえて言うならば、定めだと思っている。偶然であれ必然であれ、とにかくジストを患ったことは、避けようのなかった宿命だと。

一方、現実の人生には偶然が多いと実感している。その代表格が出会いである。それは物事との出会いもあれば、誰か人との出会いもある。前者で印象が強いものは事故や事件などだ。それらには痛ましいものが多い。やはり誰かとの出会い、それも素敵な出会いのほうが嬉しい。

先述した通り、ジストを患ったことで、数多くの素敵な出会いも頂戴した。数年以上、いや10年以上、何の音沙汰もなかった友人や知人との再会があった。

たとえばテレビなどのマスメディアを通じて私が一方的に知っている人は、もちろん友人とは言えない。知人とすらも呼べないだろう。しかし、もし一度でも会えて、そして会話もできた相手ならば、さらに犬猿の仲でなければ、もう私にとっては友である。特にがん発病後、そう考えるようになった。身勝手な想いだが。所詮、私は自分勝手でわがままな超自己中な人間だからだ。彼ら友人、十数名と再会できた。おそらくジストを患っていなければ、今もまだ再会していなかった友人たちだ。

そして何より、出版関係や新聞関係の友、さらには投稿などを通じて友となった方々、彼らは私のジストがなければ、決して知り合うことのなかった人たちだ。私の中では、もうこれは偶然をはるかに超えた奇跡だ。

そもそも、人生そのものが奇跡ではないか。

ある一組のカップル、すなわちおやじとおふくろの精子と卵子が奇跡的に出会って受精卵となり、そして私がこの世に誕生した。

生まれてくる子の環境や生い立ちなどは等しくない。その後、大事《おおごと》だったかそうでなかったかにかかわらず、いくつかの人生の難所を越えてこれまでを生き、今を生きている。これこそが奇跡だ。さらに言えば、10万人に1人というジストを患ったことでさえも、奇跡に近い。0・001%の確率だ。

消化管大量出血、手術、抗がん剤を体験して、悲しいかな転移を来《きた》したが、それでも私は生きている。これも奇跡だと私は思っている。もちろんこの先、このジストが完治する奇跡が起これば、それに勝るものはないが、たとえそれが叶わなかったとしても、今の奇跡に感謝したい。


そして今日、私は心から思っている。

2016年に常勤医師の職を辞し、非常勤となっていて本当によかった、と。

この3年間、何より夫婦ふたりの時間を多く持つことができた。どこか遠くに旅する機会はなかったが、スーパーやコンビニへ買い物に行く、近場にドライブするなど、ふたりでよく出かけた3年間だった。

妻は何度も私に言っていた。

「いつでも一緒におるなぁ。そうと違ぅ?」

これらの時間が有ろうが無かろうが、悪性腫瘍ジストには見舞われたはずだ。

確かに常勤医師をそのまま続けていれば、この3年間の収入は現実よりも多かったことだろう。しかし夫婦ふたりの時間はこれほどにはないまま、がん生活に突入したことになる。金品は得られなかったけれども、夫婦の時間は十分に持つことができた。もしかしたら一生分の時間になったのかもしれない。

仕事を辞めたいと思った3年前に、辞めておいて本当によかった。

緩和ケア病棟に入院してきた患者の中には、こんなことを語る50代の人たちが何人かいた。

「退職したら妻（あるいは夫）と旅行でもしようと思っていたのに。国内でも、海外でも」

「定年後はセカンドライフとして、趣味の○○を本格的にやるつもりだったのに。いくらでも時間はできると思ってたから」

しかし、終末期がん患者となった彼らは、やりたかったことを実現することなく、この世を去った。こうなったらやろう、後でやろうでは遅いのだ。

今やりたいことは、今やる。未来ではなく、現在に。理由は簡単だ。未来は来るとは限らないからである。

もちろん今やりたくても、様々な事情からできないこともあろう。

しかし、今の私には、今やりたいことを後でしよう、という言葉はない。

今やりたいことは、今やろう。

⑫ あきらめる、そして頑張る

終末期がん患者に関わる医師として、自らがジストを発病するまでは、がん患者に「頑張らない、そしてあきらめない」とよく話してきた。すでに厳しい治療などを十分に頑張っているのだから、これ以上はもう頑張らなくていい。でも、やはり生きることはあきらめてほしくない。そういう意味合いだった。


しかし、ジストを患い抗がん剤治療を続ける今、あえて、

「あきらめる、そして頑張る」

このことを声を大にして唱えたい。


がん患者の告知において大きな場面が3回あると、私は考える。

第1は、がんと診断された場面。

第2は、転移や再発が出現した場面。

第3は、もはや治療が不可能と判明した場面。

いずれも患者にとっては、苦しい場面だ。さらに第1、第2、第3と病気のステージが進むにつれて、その苦しみも強まることは、想像に難くない。

かく言う私も、第2ステージまで来てしまっている。また、それぞれの場面において、その告知を担うのが、他ならぬ医者である。医者もまた苦しい。患者にとって、楽しい知らせではないからである。告知された患者は希望を失いかねない。

以前、ひとりのがん治療医からこう言われた。その医師は、まさに第3の場面に差しかかっているがん患者を受け持っていた。そして、患者への第3の告知——すなわち、「あなたにできる治療はもうない」と宣告することに苦しんでいた。

「希望を失わせるようなことを、患者には言えない」

と。

人は通常、がん治療が不可能となる＝がんが治らない＝死と連想するだろう。第3の告知は希望をすべて失わせてしまいかねない。人は希望をすべて失えば、生きていくことは難しい。当然だ。

しかし、叶わぬ希望を持ち続けることなど、果たしてできるのだろうか。

いや、できるはずがない。叶わぬものなのだから。

いずれ自らも実感してくるものだ。病気の進行による体の弱りを。

だったら、たとえがんが治る希望は失っても、今を、これからを生きるための何らかの希望を持ちたいものだ。人間にはそれが可能だと思う。そう思いたい。

生きていたいから。生きるために。

だから、告知は希望を失わせるために行うものではなく、希望を持つために行うものである。さらに言えば、その希望とは、新しい希望である。今までの希望ではなく、まさに今の希望である。

たとえば、がんを完治させて発病前のように全国をドライブするような類《たぐい》の希望ではなく、がんは持ったままで、外には出られなくても、家に居ながらでも手記を仕上げるなどの希望である。ジストが転移した私のように。

「あきらめる、そして頑張る」

ここでも同様だ。今までの希望はあきらめて、これからの希望を頑張るのだ。生きていたいから。死ぬために生きるのではない。生きるために生きるのである。そのためにも、告知は不可欠である。

ここで、余命までも告知する必要があるのか、という意見も出てくるだろう。これに対して、先述したごとく私の答えはノーである。

新しい希望を持つために必要なのは、真実の共有だ。そのための告知である。がんと診断された、転移や再発が生じた、抗がん剤が効かなくなった、いずれも、その時その時における真実である。これを共有する手段が告知である。

では、余命とはいかなるものか。

これは、真実ではない。たとえデータに基づくものであったとしても、それは予測、推測に過ぎない。真の事実ではない。

それを承知のうえで、余命を聞きたい患者もいることだろう。それはそれである。私もそのひとりだが、聞いたところで、どうしようもない。せいぜい遠い予定を立てないようにするくらいだ。そんなもの、たいしたことじゃない。

今を生きることにおいて、当てずっぽうの余命など必要ないと、私は思っている。とにもかくにも、今を生きたいだけだ。

がん闘病をしている患者が、もし発病前の自分に戻れるならば、すなわち回復が見込まれるならば、あきらめなくていい。あきらめずに頑張ればいい。そのほうがいいに決まっている。

ただ私は、ジスト発病前に比べて体力および気力が弱り、過去のようにはもう生きられない。

従って、まず今までの自分、つまり今までできたことをあきらめる。次に今の自分、すなわち今できることを頑張る。

たとえば、今まで私は食べることが大好きで、好き嫌いはなく何でも、常に人一倍の量を食べていた。食べるスピードも人一倍速く、料理の皿を運ぶ店員は私についてくることができなかった。

しかし、その私が、今はほとんど食べられない。先日あるテレビ番組で見た保育園児のほうがはるかに食べていた。ありえない話だ。本当に悔しい。優に１００キロを超えていた体重は、60キロ台まで激減した。

最初の抗がん剤治療が開始された当初は、食べることは生きること、生きるためには食べなきゃと、食に執着していた。食事を摂って体力をつけなければ、抗がん剤も効かない。抗がん剤が効かなければ、ジストは進行してしまうと、焦ってもいた。焦れば焦るほど、さらに食べられなくなった。

そこで発想を変えて、今までのように食べること、食べようとすることを思い切ってあきらめた。すると、不思議なことに少々食べられるようになり始めた。

もちろん一朝一夕のことではなく、手術からは半年以上が経っていた。確かに、様々なことにようやく体が慣れてきたこともあるだろう。ただそれ以上に、食に執着しなくなったことで、気が楽になったからだとも思う。

元の身に復帰できれば何よりだ。しかしそれは叶わぬ夢だ。ジストに見舞われ、胃を失い、抗がん剤治療に耐える体は、元のそれとは全く異なったものだからである。

たとえ夢は叶わなくても、命ある限りは生きられるはずだ。

これからはやせ細ったこの体で、今私ができることをひとつひとつ目標にして、生きることを頑張っていくぞ！

妻から夫へ
〜生きてくれて、ありがとう。

夫は家族を大切にする優しい人です。その人柄は、緩和ケアの医師としても活かされているように思います。

私は実家の父を２０１７年12月に膵臓《すいぞう》がんで亡くしました。病床で父に語りかける時の穏やかな口調や眼差しは、普段の医師としての姿だったと思います。大好きだった父が亡くなり悲しむ私を、夫は寄り添い癒《い》やしてくれました。

それから数か月後に、夫のがん宣告。

膝から崩れ落ち、泣き叫びました。

ちょうど息子の誕生日が入院した次の日だったのですが、おめでとうの言葉も言えず、私のこれまでの人生において最もつらい時期となりました。

入院してから毎日、病室に通いました。

朝、息子を送り出した後、さっと家事を済ませ、昼前には病院へ。夫は今か今かと私を待ちわび、夜の面会終了まで、ふたりで時間を惜しむように語り合い続けました。

夫は、

「やりたかったことはあきらめた。でも生きることはあきらめんぞ」

と言って、手術に臨みました。

今年4月に転移が見つかり、限られた命の時間を覚悟しました。しかし、頭からそのことが離れず、私は生きることが苦しいと感じるようになっていました。救ってくれたのは、私や息子に見せる「あきらめる、そして頑張る」という夫の生き様でした。余計な心配はせずくよくよもせず、今日一日をありがたく生きると決めた私に、

「先に逝って向こうで待っとるわ。あなたたちはゆっくり来たらええ」

と夫は笑って言いました。

朝、目覚めると、隣で夫の寝息が聞こえます。

今日も生きている。生きてくれて、ありがとう。幸せを感じる瞬間です。日常

の中にある幸せが当たり前のようで、気づかずに過ごしていた私。今ならそれは奇跡なのだと思えます。

6月になり、鈴鹿市《すずかし》にある「ほたるの里」へ出かけました。夫と地面に座り込み、ゆっくりとホタルを楽しみました。来年もここにふたりで来ることができますように。夫の横顔とホタルの儚《はかな》く静かな光が、私の胸に沁《し》みました。物悲しく。

手術から1年、夫はありがたいことに生きてくれています。私は息子と共に、これからも愛する夫を見守り続けていきます。

どうぞ命の限り、患者風吹かせながら、しぶとく生きてください。

2019年7月　大橋あかね

おわりに

人生がその人それぞれであるように、がん患者の生き様も十人十色です。なぜならば、各々《おのおの》の価値観があるからです。

従って、ここで唱えました私の想いは、あくまでも一個人の感想であり、すべてのがん患者に対して効能・効果を示すものではありません。賛否両論あってしかるべきです。

ただ私には、がんに立ち向かう、がんを乗り越える、克服するなどという周りにも勇気を与えるような生き方はできません。がんを患う弱い人間だからです。前向きな言葉など到底無理です。決して綺麗《きれい》ごとじゃないんです。

SNS等で発信されるトップスイマーやスター歌手の病に立ち向かう強い姿勢は、がん患者のみならず多くの人々に力を与えてくれています。私も勇気づけられるひとりです。がんを克服して社会復帰できている人たちからのメッセージも同様です。

世間では、彼らは強い人間と称賛されます。

もちろん、彼らの生きる姿には敬意を表します。そして羨ましくも思います。完治が見込めない私には。

ここで私はあえて唱えます。望み叶わず病で命を落とした人たちや、がんを克服できずに、それでも生きている患者が大勢いることを。

物事には明と暗が存在します。さしずめがんにおいて、「明」は治る、生きることであり、「暗」は治らない、死ぬことです。多くの人々がそう思うことでしょう。

私だって、ジストは治ってほしかったし、死にたくはない。

ただし報道やSNSで大々的に公表されるものは、「明」一辺倒です。何かを頑張るために、あるいはよりよく生きるために、「暗」はノーという批判が大多数を占めるからではないかと察します。

力や勇気を与えるという点で、「暗」にはどうしてもマイナスイメージが付きまといます。

しかし、治らない、死ぬことは、果たして「暗」なのでしょうか。

私はそうは思いません。

人間誰しも、命は有限です。必ず死を迎えるものなのです。従って、不治そして死の存在を知ることも、今を生きる力や勇気を与えてくれるものだと、私は信じています。

がんは心身にとって大変な病であり、治療は壮絶です。それは当事者しか体験しえないものです。私は人一倍弱い人間です。だから「明」の人たちのように強くは生きられません。

こんな話をすると、周りからよく励まされます。

「そんな弱気にならんと」、と。

しかし、これだけは声を大にして言えます。

「たとえ立ち向かえなくても、乗り越えられなくても、克服できなくても、泥臭く這ってでも、わがままでも、超自己中でも、それでも生きていきたい」

弱気じゃない。至って強気だと私は思っています。

今日で転移審判後、「足し算命」が110日となりました。現在、記録更新中です。

まさに、しぶとく。患者風を吹かせて。

ひとりでも、この想いにご賛同いただける方がおられましたら、甚《はなは》だ幸いに存じます。

最後になりましたが、この出版に関わってくださった方々に、そして私に関わってくださったすべての皆さまに、心より感謝申し上げます。

本当にありがとうございます。

2019年7月　大橋洋平

謝辞

今まで生きてこられた55年、数え切れないほど多くの方々にお世話になってきたことは言うまでもありません。２０１８年6月に悪性腫瘍ジストを発病して以来、これまで以上に周囲の力が私を支えてくれています。

彼ら彼女らには、本文で登場していただきました。実名を挙げた方、そして愛称で呼んだ方、皆さんです。本当にありがとうございます。

なお本文では記載できなかった方々に、ここで改めてお礼申し上げます。

ジスト発病以降、小学校の同級生や中学高校の同級生、さらには高校時代の先輩、そして大学の同期から、直接メッセージをもらいました。

やよいちゃん、千田《せんだ》くん、惠三《けいぞう》先輩、橋本《はしもと》、しみちゃん、由美《ゆみ》ちゃん、岡《おか》さん、竹中《たけなか》さん、谷《たに》さん、るみちゃん、くーちゃん、仲尾《なかお》、佐藤《さとう》、中瀬《なかせ》、気遣いと励ましを、どうもありがとう。

それから、かつての同僚、あるいは友人などからも直接連絡をもらいました。
新たな出会いも頂戴しました。
渡辺《わたなべ》先生、小田切《おだぎり》先生、寺田《てらだ》先生、有美《ゆみ》さん、千恵《ちえ》さん、藤岡《ふじおか》先生、村田先生、柳鶴《やなぎつる》さん、藪下《やぶした》さん、尾原《おばら》さん、木村《きむら》さん、ひふみさん、英行《ひでゆき》さん、原《はら》先生、石川《いしかわ》先生、細井《ほそい》先生、田口《たぐち》先生、谷川《たにがわ》先生、梶野《かじの》先生、小島《こじま》先生、日比野《ひびの》さん、北村《きたむら》さん、駒田《こまだ》先生、宗正《むねまさ》さん、上野《うえの》さん、誠にありがとうございます。

現在、がん治療を受けながら勤めている海南病院において、いつも温かく見守ってくれる緩和ケアスタッフのみんな、全職員の皆さん。本当にありがとう。

さらに、全国の（これまでは）見知らぬ皆さまからいただきました応援、とても嬉しかったです。

謝　辞

今回、取材をいただき、今も何かとお世話になっております朝日新聞記者、高橋美佐子さん。出会いをありがとうございます。

これらがすべて、現在、がんを生きる私の原動力となっております。

心より感謝申し上げます。

わたくし大橋洋平
患者風を吹かせて
しぶとく
生きてまいります
皆さまと一緒に

最後に。
あかね、広将。
もしおまえたちがおらんかったら、
オレは今日まで生きてこれんかった。
そして明日からも生きていけへん。
感謝！　万歳‼

最愛の妻あかね、息子広将と。生きていくことを、頑張るぞ！
（2019年5月、自宅にて）

大橋洋平
（おおはし・ようへい）

1963年、三重県生まれ。三重大学医学部卒業後、総合病院の内科医を経て、2003年、大阪市の淀川キリスト教病院で1年間、ホスピス研修。翌04年より愛知県のJA厚生連 海南病院・緩和ケア病棟に勤務。08年よりNPO法人「対人援助・スピリチュアルケア研究会」の村田久行先生に師事し、13年度から18年度まで同会・講師。医師生活30周年の18年6月、稀少がん「消化管間質腫瘍」（ジスト）が発見されて手術。抗がん剤治療を続けながら仕事復帰し、自身の経験を発信している。

ブックデザイン　泉沢光雄
カバー題字　大橋洋平
カバー・本文写真（253ページ）　花井知之

本書は書き下ろしです。

緩和《かんわ》ケア医《い》が、がんになって

2019年8月25日　第一刷発行
2019年9月19日　第二刷発行

著　者　大橋洋平

発行者　箕浦克史

発行所　株式会社　双葉社
〒162-8540 東京都新宿区東五軒町3-28
電話　03-5261-4818(営業)
03-5261-4833(編集)
http://www.futabasha.co.jp/
(双葉社の書籍・コミック・ムックが買えます)

印刷所　中央精版印刷株式会社
製本所　中央精版印刷株式会社

ISBN 978-4-575-31482-3　C0095